O SANTO

O SANTO

CÉSAR AIRA

Tradução de Joca Wolff

Rocco

Título original
EL SANTO

EDITORA ROCCO LTDA.
Av. Presidente Wilson, 231 – 8º andar
20030-021 – Rio de Janeiro – RJ
Tel.: (21) 3525-2000 – Fax: (21) 3525-2001
rocco@rocco.com.br / www.rocco.com.br

Printed in Brazil/Impresso no Brasil

Preparação de originais
DENISE SCHITTINE

Revisão técnica
MARINA DOS SANTOS FERREIRA

CIP-Brasil. Catalogação na fonte.
Sindicato Nacional dos Editores de Livros, RJ.

A254s Aira, César
O santo / César Aira; tradução de Joca Wolff.
– Primeira edição – Rio de Janeiro: Rocco, 2019.

Tradução de: El santo
ISBN 978-85-325-3119-3
ISBN 978-85-8122-747-4 (e-book)

1. Ficção argentina. I. Wolff, Joca. II. Título.

19-48908 CDD-869.99323
CDU-821.134.2(82)-3

Meri Gleice Rodrigues de Souza – Bibliotecária CRB-7/6439

O texto deste livro obedece às normas do
Acordo Ortográfico da Língua Portuguesa.

O SANTO

I

Numa pequena cidade catalã erguida nas escarpas do azul Mediterrâneo vivia um monge com fama de santo. Havia sido peregrino de muitas terras, vinha de longe, mas desde que lhe fugira a juventude tinha se fixado no monastério do lugar, e ali envelhecia lentamente. Transcorriam os últimos séculos da Idade Média, que parecia nunca mais terminar. A cultura da época, seus sonhos, suas guerras se desenrolavam sobre o solo europeu como um colorido tapete que o Tempo tornaria História. No momento, nada mais era que uma confusão. Ninguém se dava ao trabalho de esclarecê-la, porque não convinha e porque os trabalhos da Razão estavam desvalorizados. A fé subjugava o povo. Era uma época de milagres e ressurreições, em que tudo era possível. Misturava-se o saber com a ignorância e as severidades do dogma corriam lado a lado com as liberdades do cotidiano. Ciclos imutáveis das estações embebiam as fachadas das grandes igrejas, verdadeiros palácios do sobrenatural, a que acudia uma legião sempre maior em busca da poesia e fantasia que não tinham em suas vidas. Também em busca de consolo e esperança, bens tão apreciados quanto necessários. Nesse estágio da civilização a esfera humana se encontrava relativamente inerme frente aos embates naturais de sismos, pragas, epidemias, inundações e incêndios florestais, sem contar com os males inevitáveis, como o envelhecimento e a morte, contra os quais nada poderiam no futuro nem os avanços da ciência nem os da magia. Ainda que sem se iludir muito, o homem se voltava para Deus.

O monge de outrora tinha se tornado uma celebridade. Operava milagres, não todos os dias, mas com extraordinária frequência. E se às vezes passavam anos sem que operasse nenhum, a confiança que se depositava em seus poderes e o correspondente prestígio não se desvaneciam. Ainda que esses lapsos de inação cobrissem muitos, muitíssimos anos. Ao contrário: os relatos de seus feitos milagrosos se magnificavam com o tempo, que lhes dava um polimento lendário, desafiando a incredulidade.

Como resultado desta capacidade prodigiosa de alterar os processos comuns da lei natural era tido por santo, mediador privilegiado nas decisões da Onipotência celeste, curador e reparador. Os fiéis acudiam de lugares próximos e distantes para requerer sua bênção ou a imposição de sua presença. Peregrinos individuais ou grupos organizados (que bem podiam ser aldeias inteiras acossadas por uma catástrofe ou pela má sorte) venciam grandes distâncias atraídos por um renome cujo raio de ação não respeitava rios nem montanhas. Não era contraditório com o sedentarismo que estava no fundo do caráter destes seres e ditava seu proceder. Arraigavam-se na confiança de que podiam continuar aí, em uma forma regenerativa de eternidade. O temor à morte não se sustentava na nostalgia da vida; esta era demasiado dura e sofrida para alentar luxos de melancolia. O que havia era uma obstinação da qual obscuramente se sentia que o pequeno monge era aliado, insignificante como era, eleito porque um buraco no cosmos tinha se aberto justo sobre sua cabeça, como poderia ter feito sobre a cabeça de qualquer outro.

Multidões de entrevados, leprosos e empestados estacavam diante dele. Também os desesperados, os estéreis, os abandonados. Punham a seus pés males visíveis e invisíveis, uns e outros encarnados em flores da dor. Ele operava pela indiferença e pela distância. Quem era? O que era? Ele não os conhecia sequer. Tinha construído a santidade a partir de dentro, a partir do exemplar e da oração. As visões o envolviam.

Assim passaram os anos, em uma constante romaria de devoção. Passaram também para o monge, implacáveis. Aproximava-se a hora da sua morte. Já não era um monge: era um santo. Um santo em vida. Sua canonização: como se já estivesse assinada por três papas. Sobravam-lhe méritos para o céu e para os altares. No monastério e na cidade supunham que esperaria a morte com a devida deferência aos desígnios divinos, sem se mover de onde estava, mas os fatos reservavam aos fiéis um sobressalto de proporções. O santo comunicou um dia ao abade, que não demorou a transmitir às autoridades da cidade, a sua decisão de ir passar os últimos dias (não seria muito mais do que isso) em seu povoado natal na Itália. Queria, disse, que lá repousassem seus ossos uma vez que a alma tivesse se reunido ao Senhor. Trataram de dissuadi-lo, mas foi inútil. Ao que parece, se interpunha uma velha tradição de remotas origens etruscas segundo a qual quem morria longe da sua terra natal ficava entre os homens, em forma de fantasma. De nada adiantou que lhe recriminassem por ceder ao que soava como uma superstição crédula e até apóstata; nem os mesmos que o diziam podiam negar que havia algo convincente em sua simetria. O sedentarismo exibia, no momento mais inoportuno, a sua natureza paradoxal. E ainda que tivessem argumentado com mais energia, também não teria servido para nada. O velhinho, que desde seu primeiro milagre, quarenta anos atrás, vivia rodeado de uma invariável veneração, tinha se acostumado a que se fizesse a sua vontade, a mesma que amansava os lobos e curava as escrófulas.

Mas os catalães não estavam para simetrias. Era uma calamidade que se abatia sobre eles, do tipo das que afligiam os fiéis que acudiam em busca de milagres redentores: salvo que, neste caso, o mal provinha da própria fonte dos milagres. O eco do alarme ressoou com força nos estamentos executivos da cidade, que perderia o tesouro religioso que constituía seu maior orgulho e riqueza, o ímã que atraía os peregrinos e mobilizava a economia local. Sem ele estariam irremediavelmente arruinados, porque, açulados pelos benefícios que o santo trazia, tinham deixado murchar as demais atividades lucrativas a que seus recursos naturais e humanos os habilitavam.

Mas, não o perderiam de qualquer modo, levando em conta que o velho monge estava nas últimas? Não, não o perderiam. Isto não era preciso explicar a ninguém que não fosse uma criança ou não pertencesse à Idade Média e seu complexo de crenças. Uma vez morto seria tanto ou mais produtivo do que em vida. O santuário contendo a sagrada relíquia de seu corpo continuaria operando como mediador, ao menos para os crentes, do poder curativo da divindade. Tanto ou mais: porque, ao achar-se a alma à destra do Senhor, a concessão do milagre se faria mais rápido. Também havia vantagens operacionais: em vida do santo os peregrinos queriam vê-lo e receber em pessoa a bênção, o que nem sempre era tão fácil. Ou o velho estava orando, ou fazendo a sesta, ou se trancava com o pretexto de que sentia frio ou calor. Um santuário, por outro lado, podia estar habilitado vinte e quatro horas, inverno e verão.

Os afetados diretos eram estalajadeiros, muladeiros e comerciantes vários, assim como os artesãos que contavam encher de relicários, medalhas e estampas as estantes da loja de lembranças do santuário. Indiretamente, prejudicaria a cidade toda, sem exceções. Fervia-lhes o sangue ao pensar que todo o benefício, com esta saída *in limine*, ficaria para uns italianos que não tinham mexido um dedo para merecê-lo.

Os conciliábulos se sucediam em ritmo frenético, pois não havia tempo a perder. As autoridades tomaram as rédeas do assunto e convocaram em assembleia as forças vivas. Disfarçavam o interesse econômico que estava em clamoroso primeiro plano em seu pensamento com desculpas de prestígio, de nome, e até, extremando a hipocrisia, de religião. Mas não se incomodavam em disfarçar a decisão de ir aos últimos extremos com o fim de não perder, morta, a joia viva que lhes dava de comer.

Em tumultuadas sessões se embaralharam diferentes alternativas. Convencê-lo com argumentos já tinha se provado ineficaz: o velho não cedia. Atrasá-lo parecia mais factível, à espera de que o decesso se produzisse no período, com a ajuda da Providência e de uma dieta rica em carboidratos, mas as corteses tentativas feitas nesse sentido (por exemplo, sugerir que esperasse até alguma festividade próxima, uma procissão ou coroação da imagem de alguma das virgens mártires) se chocaram com a pressa que manifestava o presumido viajante. E obrigá-lo a ficar, empregar a força, teria sido malvisto. O que fazer então? Contentar-se com o que tinham? Fazer um semissantuário com a cela onde tinha vivido tantos anos? Outros o tinham feito, com relativo êxito, mas isso havia funcionado com santos de que se tinha perdido o paradeiro do cadáver; neste caso, se o autêntico santuário com o corpo estava em outra parte, era patético ficar com o "Aqui viveu". Espremendo o cérebro em busca de uma ideia, alguém sugeriu que o deixassem ir, mas em segredo e, uma vez que tivesse ido, anunciar a sua morte e construir o santuário depois de um memorável funeral com o caixão vazio. Era arriscado, porque na Itália ainda poderia fazer um par de milagres a mais e os faria passar por farsantes. Ainda assim, insistiu-se nesta solução, argumentando que a Itália ficava longe, até que se convenceram de que não funcionaria: mesmo estando na Idade Média, com caminhos ruins e viagens lentíssimas, a informação circulava rápido, sobretudo em matéria religiosa, porque os monges e padres, que aparentemente não tinham outra coisa a fazer, andavam comunicando por carta os seus devaneios teológicos de uma ponta a outra da Europa.

Descartadas todas as soluções legais, só restava outra, que não se mencionou pelo nome.

II

Nessa noite uma sombra armada se introduzia no monastério. O abade, cúmplice principal da conjuração, havia deixado sem trava uma das portas laterais, além de reunir na capela todos os habitantes do complexo, não apenas os monges mas também os funcionários em serviço. Somente o velho santo permanecia em sua cela, ignorante da conjuração e dormindo o sono dos justos. Para os demais, a ordem havia sido orar até a alvorada, sem entrar em detalhes. Orar pelo descanso eterno, que se antecipava laborioso e produtivo para a comunidade, de seu membro mais destacado. A congregação noturna tinha algo de funeral antecipado. Repletos de estatuetas, os nichos da capela se tornavam profundos na penumbra. As chamas tremulantes de uns poucos círios no altar faziam as colunas dançarem. As sombras, adotando formas grotescas, calavam orações de defuntos que não ousavam dizer seu nome. Acima as abóbadas impenetráveis se sucediam. Monges e acólitos permaneceriam ali até de manhã, imobilizados por uma terrível pressão, conscientes de que a essa hora o monastério era zona liberada. Ninguém se mexia, quase nem respiravam, tratando de ouvir no silêncio os passos silenciosos do lobo que buscava o cordeiro. Relaxavam com o percutir das contas dos rosários. Seguiam os Cristos do friso até perdê-los de vista, em uma perspectiva submarina, e baixavam os olhos para as lajotas pretas, afundados em si mesmos.

Na Idade Média não existia o conceito de "autor intelectual" de um crime. Somente a mão que matava era culpada. Talvez estivessem certos, afinal, pois nunca saiu nada bom da complicação intelectual. Além disso, era coerente com a ideia que faziam de Deus e de Sua justiça. Para os monges, o abade incluído, o Pai Eterno era uma entidade a cuja adoração haviam dedicado o mais claro de seus dias e o mais escuro de suas noites, a tal ponto que o tinham interiorizado. Pensavam em seu nome e se davam as mesmas explicações e justificativas que Ele se daria se estivesse no lugar deles. Neste caso em particular, pensavam que os fatos simplesmente estavam se antecipando a uma decisão inevitável do Todo-Poderoso. Ao longo da História, até onde alcançava a memória do homem, Deus não tinha feito outra coisa além de matar gente. E não apenas gente: todo ser vivo, do mais ingente ao mais insignificante, recebia essa mesma recompensa. Tanto era assim que a morte já não parecia uma contingência final e sim o motivo original pelo qual se havia montado todo o drama da vida. A intrincada mecânica desta havia sido calculada levando em conta a fragilidade das vítimas. Afinal, o abade dizia a si mesmo dentro das sombras, deslocar um falecimento à subjetividade do homicida era menos hipócrita do que pôr em movimento a Natureza inteira para se dar um álibi objetivo. Longe dele a intenção de acusar o Senhor de hipocrisia, mas era preciso reconhecer que a manipulação que fazia do inevitável merecia uma leve reprovação.

Mesmo sabendo que era próprio dos santos morrer antes que os homens, ao santo de outrora tinham se acostumado a ver também como homem. Seu desaparecimento deixaria um vazio, o que não tinha nada de estranho porque não era o primeiro deles que morria; o inquietante era que esse vazio estaria cheio, com uma presença *post mortem* que seria o sustento econômico da cidade e, no fim das contas, isso parecia bastante com a construção de um fantasma. Acreditavam afugentá-lo orando. A manhã traria um alívio bem-vindo. Iniciava-se uma nova etapa de milagres e não duvidavam de que se multiplicariam.

Puseram Cobalto a cargo da ação. As potências locais que tinham se proposto a velar pela continuidade da proteção divina à cidade, e de seus lucros, apelaram ao que era certo. Uma iniciativa radical não tinha sentido se não se colocavam em marcha os recursos máximos para levá-la a sua plena consumação. Eram coisas que não se podia fazer pela metade. A ocasião oferecia ao pensamento e à ação uma dialética bastante atravessada: fazia-se o mal para obter um bem (matavam um ancião inofensivo para que a comunidade que o amava e venerava pudesse retê-lo em seu seio), mas ao mesmo tempo era preciso fazer bem esse mal. Em uma terceira instância, para que este último "bem" fosse realmente bom, seu executor devia ser um verdadeiro epítome do mal. Aí o Cobalto era perfeito.

Foi por isso que se atreveram a contratá-lo, fato do qual não havia antecedente algum. Outros mercenários, mão de obra desocupada das Cruzadas, tinham feito trabalhos menores, ou relativamente maiores quando eliminaram uma colônia de leprosos no Benjuit. A fama tenebrosa do Cobalto os tinha atemorizado e somente os extremos fizeram com que recorressem a ele. Instável, incapaz de suportar a si mesmo, o crime era uma força interna nele. Vivia em uma prudente aposentadoria, amparado pelo anonimato; não havia descrições eloquentes de seu aspecto porque ninguém jamais o via, comunicava-se mediante um menino a seu encargo. Seus mandantes não haviam tratado com ele, nem com sua sombra. Por um lado isto era conveniente, já que não ficariam rastros e a culpa se desvaneceria na transição, mas por outro criava uma entidade fantasmal, concentrado de assassínio sem forma visível. Era uma abstração virtual. Havia exigido o pagamento adiantado em ouro, o que atenuava a irrealidade. Dizia-se que o menino que constituía o seu nexo com o mundo na realidade era um autômato, que usava como lubrificante o sangue das vítimas de Cobalto. Esse tipo de lendas era característica dos seres noturnos, em uma era da civilização na qual o noturno estava fortemente influenciado pela escuridão. Ele obrava quando todos dormiam, o que, em uma imperceptível torção gramatical, podia significar que sua obra era o sonho.

Este personagem, armado de uma simples adaga, era o que havia entrado na construção afundada na desaparição. Como uma fera ou um habitante de outro planeta, se deslocava pelos corredores intermináveis guiado ao mesmo tempo pelos cinco sentidos. Uma única célula sua teria bastado para magnetizar uma montanha. Oscilava, aumentando a velocidade. Tanto aumentou que já circulava pela segunda, terceira vez nos mesmos lugares. Uma vibração contínua sacudia o ar escuro. Nos hortos do mosteiro as colmeias expeliam a sua população sonâmbula. Os gansos dos claustros, fantasmas assustados, pressentiam o perigo. Até as aranhas tinham marcado encontro em seus hemisférios tremulantes. As estâncias austeras e cegas abriam impotentes suas portas de calendário. O rumor dos passos de Cobalto, o fio de sua adaga, a intenção vesânica do ser humano conjugavam-se na cena. Mas se tratava de uma autêntica cena? Tinha antes algo de pensamento divergente, como se mil demônios ou tentações satânicas tivessem começado a voar em todas as direções.

Se era uma cena, era a de um teatro cego, de noite sem Lua. Os protagonistas do drama eram dois homens, o santo e seu assassino. Os figurantes estavam na capela, a maioria já adormecidos. Nem a Virgem Maria havia se manifestado, como poderia tê-lo feito se realmente quisesse socorrer o seu filho em risco.

Finalmente Cobalto começou a se impacientar. Já havia se chocado várias vezes contra as paredes de pedra, sem consequências dada a baixa densidade de seu corpo, que o fazia quicar suavemente. Mas o labirinto se rendia enfim à sua persistência e já chegava ao centro, à câmara final.

Enquanto isso, dentro dela, o velho santo padecia as alternativas de um pesadelo. Sua mente havia sofrido com os anos uma transformação para pior. Como resultado, já não tinha mais sonhos, somente pesadelos. Perguntava-se se seria parte da deterioração natural das faculdades com a velhice, mas a resposta era duvidosa. Pois tudo indicava que o pesadelo exigia, para sua elaboração e colocação em cena, faculdades com mais energia e mais afiado poder de invenção, já que devia lograr seu propósito de angustiar ou aterrorizar; enquanto que o mero sonho, ao se contentar com a montagem de um espetáculo sem propósito algum, podia provir de uma psique relaxada e até amolecida.

Não estava tão certo de que o sonho e o pesadelo fossem espécies distintas. Talvez o que fosse sonho para um, era pesadelo para outro; o que de qualquer modo teria sido difícil de comprovar porque, se existia algo intransferível de pessoa para pessoa, era o onírico. Seria possível, por outro lado, fazer observações experimentais sobre si próprio: o mesmo sonho, exatamente o mesmo, em uma época da vida poderia ser definido como sonho, e até sonho prazeroso e inspirador, e em outra época funcionaria como pesadelo plenamente aterrorizante.

Uma convulsão de pânico arrancou-o dos lençóis como se fosse uma erva daninha e a cama o canteiro de perfumadas florezinhas e suculentas couves. Segundo a batida frase feita, "pôs os pés em polvorosa". Na verdade, pôs nas pantufas que as freirinhas tinham bordado e isso só porque fez um movimento, reflexo do hábito de se levantar para urinar de noite. Assim como estava, de camisola, saiu disparado e a inércia do pesadelo tirou-o da área de perigo com a mesma eficácia que teria exibido a força da gravidade, que pegou o projétil e lançou, como que da estratosfera, para o negro mar.

III

A velocidade com que escapulia assombrava a ele mesmo. Não se presumia tão ágil. O passo a passo da liturgia e a veneração com que os seus fiéis o rodeavam tinham-lhe feito acreditar que só podia se mover como os lentos astros do céu. Mas pelo visto um resto de energia continuava pulsando em suas velhas pernas; talvez a tivesse acumulado no tédio das missas e das novenas e dos êxtases, que assim revelavam em retrospectiva que não tinham sido tão inúteis. Voava como uma flecha em direção aos muros externos do monastério, sem escolher a direção; a que tinha tomado na cegueira da noite e na pressa era a da escarpa e, quando quis lembrar, estava caindo. Aí seus sentidos periclitaram. Tinha afundado no fluido frio das sereias, em que reinavam as lulas.

Despertou no dia seguinte a bordo de uma falua grega que ostensivamente transportava cascalho de cabotagem. Era um clandestino involuntário e, como continuou meio abobalhado durante um lapso de certa duração, não pôde dar nem encontrar razões de sua presença ali. Isso o salvou, porque se os gregos tivessem sabido que era parte integrante das instituições oficiais o teriam jogado na água. Tomaram-no antes por um dos tantos dissidentes que escapavam de um regime autoritário e da imposição de uma moralidade dogmática. Simpatizavam com esses trânsfugas, já que eles também tiveram toda a sorte de problemas com os catalães, que os discriminavam. O velho santo não escapava do preconceito contra os gregos e, quando soube que estava em mãos de uma tripulação dessa nacionalidade, não obstante tivessem lhe salvado a vida, alarmou-se *in pectore*. Uma difundida superstição queria que os gregos fossem mecânicos de habilidade diabólica, capazes de fabricar dispositivos que enganavam os sentidos e confundiam o real com o irreal. A partir daí não estava mais de um passo para suspeitar que não estavam onde eram vistos, mas em outro lugar, e seus repetidos êxitos no comércio pareciam demonstrá-lo. Uma vez que o acaso havia desejado pôr o santo em uma forçada proximidade com estes supostos prestidigitadores de si mesmos, tinha a ocasião de provar por experiência palpável o absurdo dessas lendas. Mas ser prático não estava em seus hábitos, os catecismos cristãos não incluíam a matéria de tocar com a mão. Nisso como em tantas outras características pessoais, era fiel representante de sua época de negações e fantasmagorias, na qual todos eram mais gregos do que os gregos que tinham inventado.

Como sucede com toda superstição, esta tinha uma base na realidade. Distante e tênue, mas verdadeira: os gregos como etnia, e individualmente, eram hábeis em mecânicas que se adiantavam à época. Mesmo nesta falua asquerosa havia um aparelho que teria feito as delícias de um aficionado. Servia para desenredar as enxárcias, um desata-nós mecânico de engenhosíssimo funcionamento. Muito útil, além do mais, porque a quantidade de cordas necessárias para içar e manobrar as velas e as sinuosas oscilações a que estavam submetidas as enredavam todo o tempo. Mas estava danificado e, como ninguém no barco sabia consertá-lo (a capacidade mecânica não estava repartida de modo uniforme entre os gregos), tinha se tornado um problema. Pois desatar à mão os nós levava tempo e a tripulação já tinha designadas as suas tarefas até o último homem. Colocar um deles com as enxárcias equivaleria a obrigá-lo a sacrificar seu tempo livre, ou uma fração importante dele, e nenhum deles queria fazê-lo voluntariamente. Obrigá-los não constituía a melhor solução, porque eram contestadores, grevistas, e sempre estava latente a insubordinação coletiva. De modo que a chegada do velho santo foi conveniente para o capitão. "Caiu do céu", disse empregando um clichê das línguas pan-helênicas, a despeito de tê-lo extraído das profundidades.

Não havia terminado de se secar quando o puseram a desatar nós. A vida no mar, cujo isolamento faz poupar mãos inúteis com uma avareza tão funcional quanto necessária, os fazia dar por certo que um homem era um homem, fosse qual fosse sua idade e sua condição física. Os delicados dedinhos brancos do santo, que nunca tinham feito um trabalho mais rude do que virar as folhas de um breviário, não lhes pareceram obstáculo para uma tarefa que de qualquer modo era preciso fazer. Muito menos os deteve a ligeira curvatura que tinha sofrido o artelho superior do mindinho de sua mão direita, resultado de uma artrite incipiente, apenas sentida, que em vida produzia uma dorzinha que o fazia lembrar que estava vivo e que, morto, serviria para identificá-lo mesmo quando o cadáver tivesse virado puro esqueleto. Por mais que tenha encarado o trabalho conscienciosamente, não se poderia dizer que o fizesse muito bem. Os nós que o acaso dos movimentos das ondas e o vento formavam lhe provocavam uma perplexidade insondável. Esperava que se desfizessem sozinhos e, se não o faziam, ficava olhando-os. Nem lhe ocorreu pedir o socorro divino. Estava esquecendo disso, como um cão se esquece do lugar onde enterrou um osso. Como não o fiscalizavam, pôde eternizar despreocupadamente esta passividade.

O esquecimento se tornou uma rotina. A falua penetrava no azul Mediterrâneo, rumo a Corfu. Os dias se repetiam todos iguais, os únicos acontecimentos que continham dentro de suas longas horas eram os do céu: os amanheceres que se prolongavam, o voo das nuvens, o aparecimento repentino das estrelas, e a noite. As baleias, colossais, acompanhavam o barco, indiferentes feito ilhas. Os peixes voadores davam um espetáculo ao meio-dia, suas asas transparentes brilhando ao sol, sua velocidade incomparável. A meia-água, os polvos. Nuvens de passarinhos prateados passavam muito alto. A luz saturada caía sobre a superfície das ondas provocando fenômenos de nutrição e crescimento, em fotossínteses submersas. Vegetações frondosas se agitavam nas profundidades, como se estivessem dentro de lupas. Verdadeiras árvores subterrâneas, com flores que também eram peixes, a julgar pelo modo com que comiam outros peixes. O mistério do mar, seus segredos sussurrados em vaivéns líquidos, seu ocultamento no que era um grande exterior, esperava um deciframento que tardaria.

A vida a bordo era grega no sentido da organização. Cada homem tinha sua função, que consistia em pequenos episódios. Eles também eram pequenos, como a maioria de seus contemporâneos da zona mediterrânea. Desgastados pelo ar salino e uma dieta seca e baixa em açúcares, pareciam velhinhos mecânicos, com seus movimentos tesos e espasmódicos pelo endurecimento das articulações devido à umidade em que transcorriam suas vidas. Faziam sestas que duravam tardes inteiras e, à noite, o naviozinho propagava o sono profundo de todos. O capitão, que parecia entediado por sê-lo, passeava olhando as gaivotas e mexendo os lábios como se fizesse cálculos mentais com elas. Os biguás e os albatrozes pousavam nos mastros. O próprio invariável tinha variações. As tábuas da quilha rangiam, em vão.

Sempre, ao longe, outro barco. A distância era inevitável, como se os horizontes mantivessem uma tensão mútua. Os continentes, por sua vez, apareciam e desapareciam.

O santo, depois de deixar intactos todos os nós postos a seu encargo, se perdia em devaneios. Perguntava-se por que o barco não afundava. Estava tão pouco habituado a pensar que lhe parecia nova e divertida a atividade mental. "Tenho que sair mais", dizia a si mesmo. Devia haver, supunha, razões físicas claras e contundentes para que um navio, mesmo sendo mais pesado que a água, não fosse a pique. Mas quais eram essas razões, era outra história. A mesma coisa para os nós das enxárcias, que tinha ficado olhando um momento antes como um enfeitiçado: seu pensamento lhe dizia que havia uma série de manobras, talvez bastante simples e que certamente em retrospectiva pareceriam óbvias, para desatá-los. Mas a natureza e a ordem destas manobras estavam fora de seu alcance. Como não estava de todo desprovido de inteligência, apesar do pouco uso que havia feito desta em sua longa vida, concluía que o pensamento tinha duas fases, equivalentes a duas eras históricas. Uma, em que via sobre o que era preciso pensar e, outra, em que pensava nisso e respondia às perguntas suscitadas. Ele preferia a primeira, mesmo sabendo que era uma preliminar sem consequências; a segunda, que se podia definir como o pensamento propriamente dito, lhe parecia grosseira, intrometida na realidade, prepotente. A poesia do pensamento se detinha diante dos resultados, na visão de seus mistérios.

As prevenções do mundo antigo contra a viagem por mar tinham sobrevivido, a despeito dos progressos na arte da navegação. Tinham contribuído para o avanço da geografia, pois o conselho, por todos ouvido, de não ir por água onde se podia ir por terra criou a necessidade de conhecer o desenho das costas e a cartografia floresceu. Os viajantes traçavam linha de segurança substituindo a reta por enroscados circuitos; de qualquer modo, a segurança ficava entre parêntesis, porque os mapas medievais eram bastante incertos, mais divinatórios do que realistas. Compensavam sua deficiência com imagens encantadoras, cores e volutas; mais que um mapa, parecia o tabuleiro de um jogo de mesa e, em correspondência com esse aspecto, a sorte dos viajantes ficava à mercê de um lance de dados.

O santo, sentado onde o tinham posto, frente a um monte de nós, não se atrevia a passear pela coberta como teria desejado, para que a brisa lhe secasse a roupa, que continuava molhada pelo mergulho. Seguia com a vista as idas e vindas do capitão, perguntando-se em que estaria pensando. Parecia preocupado e, se realmente o estava, tinha motivos, porque se avizinhava uma tormenta.

As nuvens começaram a crescer no horizonte ao cair da tarde e explodiram na noite que haviam antecipado. Acenderam-se globos de eletricidade e se entrechocaram a meia altura com explosões que eram como se quebrassem ao mesmo tempo todos os vidros do mundo. Uma sombra verdosa desceu nas trevas. O ar gritou, asfixiado, pedindo mais ar. A chuva desabou sobre o mar e parecia chover dentro da chuva, tão densa era. Os relâmpagos produziam uma cegueira terrivelmente visível. A superfície se sublevou. Montanhas negras de líquido saltavam rugindo do pélago. Os ventos, que chegavam como convidados a um jantar, e nenhum ia embora, giravam sobre si mesmos, uivavam com fúria do fundo de suas gargantas ameaçadoras. Os peixes, os que não haviam escapado para o profundo, eram ejetados e o ar os arrastava como espectros cinzentos, a se espatifar contra ondas verticais. Pareciam derrubadas, demolições fluidas, telas de gravidade que devoravam umas às outras. Impérios em rotação frenética que dividiam o mobiliário do desastre. A escuridão se tornou impenetrável desde que os relâmpagos se retiraram. Descartada a visão, ficavam somente o ruído, os gargarejos titânicos. A falua dançava guinchando. Até a última cravelha estava se despedindo da vida. Se não se desmontou foi graças à solidez invencível dos nós das enxárcias. Os marinheiros recebiam marretadas de espuma e a longa prática de se manter em pé sobre um piso móvel já não lhes servia para nada. As ordens de sobrevivência se chocavam com as do sismo generalizado. Se pudessem escapar o fariam, mas para onde? Justamente, a ordem inapelável de uma tempestade deste calibre consistia em confundir todos os lugares. Escapuliam para o interior de um barco ao qual as circunstâncias estavam despojando de interior.

Testemunha paralisada como um monólito no meio do desencadeamento dos excessos naturais, o velho santo sentiu-o menos como o fim do mundo do que como o começo da viagem. De fato, até então não tinha realizado mais do que trocar um sedentarismo por outro, o imóvel da vida monacal pelo móvel do barco. A tempestade estava abrindo as portas do mundo; não empregava mais violência do que a necessária. Esses velhos portais mofados precisam de um empurrão notável. Os torvelinhos na escuridão se desenhavam com finas linhas de pontos (as gotas) e levavam em direção às suas hélices de vazio inalante tudo o que estava solto. Os marinheiros tinham se amarrado às robustas mezenas e aos grossos amantilhos, o único que continuava passeando pela coberta como se tal coisa fosse possível era o capitão, que o vento levou. O santo, que não o tinha perdido de vista desde que pusera os olhos nele nessa tarde, viu-o se elevar feito uma pipa; a única coisa que brilhava, como pontos de luz negra, eram os sapatinhos de verniz, certamente herdados de uma filha morta, lembrança carinhosa em que haviam entrado com esforço seus calosos pés de navegante. Girava e girava no ar, lá se ia, para onde? Para onde eram levados seus pensamentos e seus sapatinhos de verniz? Ia pela rota que todos seguiam, só que ele tinha escolhido fazê-lo pelo fragor de uma formidável colisão de elementos. O voo o impressionou. Respondia à sua pergunta sobre o que estaria pensando o capitão enquanto passeava distraído pela coberta. Quando a escuridão terminou de tragá-lo e as montanhas de água embravecidas içaram a falua aos pináculos da vertigem...

IV

... das revoltas comportas de treva hidráulica saiu uma galera turca carregada de piratas dispostos a tudo. A abordagem não se fez esperar e se realizou com a maior comodidade. A tormenta seguia seu curso, aumentando sempre sua violência, mas a manobra dos turcos acontecia em outro nível da realidade, aludido quando as pessoas diziam "As desgraças nunca vêm sozinhas". A manipulação desses níveis, que os gregos efetuavam no comércio e os turcos na pirataria, fez o santo pensar em um teatro, nos autos sacramentais encenados diante da catedral. Também nas dimensões se manifestava a disparidade de realidades, porque a galera turca era centenas de vezes maior que a falua, tanto que se teria dito que não podia percebê-la, como o olho humano não percebia certos animaizinhos alojados nas partículas de poeira. E, no entanto, vinham por eles. Talvez tudo tivesse a ver com o acontecimento mesmo, com o que se passava e, quando tivesse passado, pareceria mais normal. O medo, como uma lembrança, ampliava os rostos selvagens até lhes dar dimensões de telas que tocavam nas fronteiras. Nas fronteiras, o ouro da tempestade se derramava em forma de cubos. Os diferentes estratos se penetravam e não se fez esperar a matança. Dir-se-ia uma combinação de pesadelo e má sorte. Na escuridão, como se o fizessem pelo tato, dançando em acrobacias tão obscuras quanto suas intenções, os turcos se fizeram donos da situação. Fazendo pouco caso das oscilações loucas dos planos, degolaram os poucos gregos que tentaram se defender e trasladaram os demais para a galera a fim de vendê-los como escravos nos mercados do Levante. Depois de um exame sumário da carga, e de desprezar o cascalho, pois para lastro tinham os cativos, afundaram a falua e estenderam velas para chegar a porto antes que sua mercadoria humana se decompusesse.

Na manhã seguinte, o velho santo despertou escravo. Como podia (e não podia muito, porque a sucessão abrupta de acontecimentos o tinha deixado meio pancada) recompunha as dimensões do que acontecera. A galera que na noite anterior tinha-lhe parecido gigante feito uma montanha, desde que estava dentro dela voltava a ser um barco grande e nada mais. Mas muito grande, certamente com capacidade para milhares de homens. E, mesmo assim, com toda a sua enormidade ficaria pequena, dado que os homens que devia alojar eram escravos. Dava-se um círculo de grandes quantidades: se eram escravos, deviam ser muitos e, se eram muitos, tinham que ser escravos.

Estava amontoado em um úmido porão escuro composto de arcos de madeira vermelha. Ais, gemidos e imprecações surgiam dos montes ferventes de corpos. Também ouviam-se palavras soltas provenientes do desespero. Um de seus vizinhos falava e não teve outra opção que ouvi-lo. Queixava-se de sua sorte, mas também dizia que a tinha procurado. Com isso pretendia dar um aspecto de razão às voltas loucas do destino. Em seu discurso se mesclavam o arrependimento e a jactância, com predomínio final desta última. O contrabando de valiosas quantidades de fósforo havia sido, para ele, mais do que o meio de ganhar o dinheiro para pagar seus vícios. Não havia poupado. Tampouco tinha posto sua alma no contrabando; a tinha posto no maltrato sistemático das mulheres. Dizia ter tido muitas e ter-se comportado mal com todas elas. Àquela que não havia abandonado depois de engravidar, tinha moído a socos, e àquela que não tinha feito objeto de agressões físicas, tinha torturado com a palavra. Havia sido alimentado pelo tipo de mulheres que careciam das defesas familiares ou mentais com as que pudessem lhe resistir. Tinha rastreado longamente as zonas de pós-guerra onde viúvas e órfãs eram entregues a ele, e deixava a fileira de vítimas. Tinha feito o mal, disso não havia dúvida, nem ele mesmo tinha. Mas era realmente condenável? Por que a ele tinham feito algo pior do que maltratar ou abandonar: tinham-no tornado um escravo, nem sequer dono de sua própria pessoa, quer dizer que o tinham posto para além dos maus-tratos e abandonos. E embora isto tivesse acontecido em outra etapa de sua vida, o balanço não fazia questão de etapas.

Para o santo, porém, embaraçosamente próximo desse pecador, o que incomodava não era a sua exibição de maldades passadas, mas o fato de que falasse com um palito de dentes preso entre os lábios. Que nem sequer era um palito de dentes reto e limpo, e sim um palitinho imundo, mastigado e úmido (mas se fosse um bom palito de dentes teria incomodado igual, se não mais). Encontrava nele o cúmulo da vulgaridade. Talvez entre os escravos não fosse assim; as diferentes culturas tinham diferentes códigos de conduta e o que era vulgar em uma podia ser aceitável e até ter um ar distinto em outra. Mesmo fazendo esta exceção, não podia evitar a irritação e, dentro da irritação, potencializando-a, imaginava o que seria ver-se transportado a um povo distante onde todos os hábitos e modos resultassem para lá de desagradáveis e não tivesse mais alternativa, exceto conviver com eles. A ideia era tanto mais alarmante na posição em que se achava, nas mãos de estrangeiros que o estavam levando sabe-se lá até que outros escravos.

Por sorte, isso tampouco durou. Não chegou a prolongar-se por nem um dia quando já se produziu uma virada que redirecionava os acontecimentos impondo-lhes distintas condições e premissas. Era como nessas histórias legendárias do cristianismo primitivo, em que os fatos se sucediam a toda velocidade, tanta quanto se demorava para contá-los. Não se devia tanto ao fato de que as coisas passassem real e objetivamente tão rápido, mas às técnicas narrativas que ainda não tinham sido desenvolvidas de modo a dar à história um ritmo mais pausado, a força de descrições, detalhes circunstanciais e, sobretudo, de causalidades psicológicas. Este último ponto foi o que mais extensões trouxe para as histórias: dar um motivo convincente a cada coisa que se passasse nelas, não somente na intenção dos personagens, mas também na mecânica dos objetos e dos fatos mesmos. A evolução não foi somente formal, não respondeu apenas a fins estéticos ou literários, mas seguia os acontecimentos tal como aconteciam; as histórias se sucediam do mesmo modo em que eram contadas, nos múltiplos passados. Ao ir se aproximando do presente tudo se amontoava, como um fole se fechando, e os fatos corriam em direção a uma simultaneidade de imagem. A lentíssima acumulação psíquica que podia fazer com que um continente inteiro se entregasse a uma religião se resolvia no espasmo instantâneo do milagre.

Não houve milagre algum na situação dos cativos. Apenas uma mudança. No dia seguinte, e quando já começavam a pensar que os deixariam ali esquecidos ao acaso da morte e da sobrevivência até chegar a destino, os turcos vieram a se ocupar deles. Não podia surpreender que o fizessem, já que constituíam uma mercadoria de certo valor. Mas não os alimentaram; não embarcavam as provisões extras para convidados, nem sequer obrigados e, além disso, o cálculo de porções e a distribuição teriam sido fastidiosos; e os piratas tinham coisas melhores para fazer. Deram-lhes ópio, que era mais barato, fácil de transportar (bastavam uns poucos gramas por cabeça), satisfazia todas as necessidades fisiológicas e os mantinha calmos como coisas. Os cativos fizeram a viagem em um estupor profundo. As doses que os turcos empregavam eram generosas e a substância era de primeira qualidade. Nem os piratas nem suas vítimas o sabiam, mas o ópio era um formidável antidepressivo. Não havia melancolia, nem preocupação, muitos menos desespero ou angústia que lhe resistisse. Não anulava a consciência, como podia fazer o álcool: não provocava esquecimento nem o feliz embrutecimento a partir do qual nada importava. Pelo contrário, o homem se volatizava em um otimismo celestial para o qual a única coisa que não importava eram os motivos. Os escravos colocaram uns sorrisos bobos nas caras, que imaginaram definitivos. Já teriam tempo e ocasião de substituí-los por caretas de sofrimento, uma vez que tivessem sido vendidos a magnatas sem alma e tivessem que se fazer de burros de carga e lavoura até arrebentar.

O ópio não anulava a consciência, mas tampouco a deixava indene. Provocava transformações que tinham como matéria-prima para trabalhar tudo o que se encontrasse na memória, por mais sepultado que estivesse. Ao prender-se a droga aos elementos psíquicos individuais, cada um se isolava em seu mundo próprio. Abriam-se abismos entre eles, o amontoamento deixava de ser um problema, como deixava de sê-lo tudo o que pertencesse ao reino do real. Um ganho marginal para os captores era que prevenia contra qualquer possível ação coletiva de resistência ou revolta. Os cativos se recolhiam, um por um, a uma perfeita solidão, ainda que seus corpos continuassem empilhados como arenques em uma rede, e se encerravam na paisagem espectral que se construía dentro de suas cabeças, nos fossos e ameias de suas moradas interiores. As formas e cores destas visões provinham da experiência pessoal e de suas sedimentações na memória. Como tinham feito vida no mar, viam, acreditando lembrar, episódios povoados de grandes peixes, caranguejos e ostras sobre matizes azuis e barcos, travessias, portos, em variações inumeráveis. Essas construções eram também destruições, porque as percorria um ácido artístico sumamente niilista.

Mas nem todos eram marinheiros. Os piratas ignoravam que, em meio ao seu carregamento humano, levavam um santo cuja vida e morte eram disputadas por duas nações, verdadeira mina de ouro da credulidade tardo-medieval. O santo, por sua vez, havia posto entre parênteses sua vida e sua morte. A alteração da consciência era um fenômeno novo para ele. Enquanto santo, nunca tinha se visto submetido à experiência da subjetividade. Havia sido santo para os demais, toda sua existência havia fluído de fora para dentro, veículo das decisões de uma Providência inescrutável. Sua mente, que tinha conservado a plasticidade do primordial, recebeu o ópio alvoroçada e deu a si mesma também a tarefa de construir um mundo próprio. Fê-lo com o que tinha disponível, o arquivo autobiográfico de liturgias e sermões. Em suas visões desfilavam arcanjos, querubins e animaizinhos luminosos, intercalados com buracos profundos. Aludiam aos dez mil milagres do relógio celeste. Um dourado refratado enredava o que acontecia nos cenários virtuais, as tesselas se desagregavam em espirais de enfeitiçadora lentidão e voltavam a se reconfigurar, automaticamente, em altares planos. Via a Sibila passar apressada com um prato branco na mão, no prato ovos de gansos de sonho. Templos semoventes e enlouçados imensos, línguas de ar negro, morcegos amarelos. Os altares se tornavam tronos de reizinhos fugazes multicoloridos, com luas e estrelas na cabeça. Uma grande Virgem coroada se erguia dentro de uma coroa de astros. No vão e irreal continuavam sendo válidas as leis da realidade, ainda que em estado de dissolução. Tudo isso começou a desaparecer, feito um velho sonho.

V

Em vinte e quatro horas o Mediterrâneo tinha apagado até o último rastro da tempestade. A maré tinha se restabelecido em uma ondulação tranquila, a atividade elétrica dormia comprimida em uns poucos átomos. As espumas se trançavam e destrançavam ao passarem na quilha, as fossas marinhas dobraram suas explosões e guardaram-nas até a próxima ocasião. Os turcos, *nouveaux riches* do mar, procediam com fanfarronadas de tempo e espaço rumo ao primeiro porto livre africano a fim de vender os cativos. Não acumulavam. Nem bem faziam uma captura se apressavam para se desprender das presas, esvaziar os porões e voltar à carga. Não eram colecionadores de homens. As características dos que caíam em suas mãos eram indiferentes para eles. Eram só unidades, uma demografia acidental que colhiam do pélago generoso. Gastavam o produto nas sedas e veludos com que faziam confeccionar a roupa, assim como nos fantasiosos chapéus, nas fivelas de prata e nas pedrarias dos anéis. Os turcos eram os mais elegantes, além de os mais sanguinários; tinham dado má fama à elegância. A galera brilhava como moeda nova. Entre assalto e assalto, cuidavam de cada detalhe. Até o esparto embebiam em azeite aromático. Aflorava o selvagem destes almofadinhas palhaços quando abordavam um dos navios inocentes que se arriscavam a sulcar as ondas do perigo. Então não vacilavam em decapitar. Geração após geração, a roupa colorida vinha incubando neles a crueldade.

Os ventos cantavam uma canção da liberdade, que soava sarcástica. Favorecidos por eles, não demoraram a avistar terra. Tinham posto proa em uma angra escondida entre rochedos de difícil acesso, onde os contrabandistas de braços laborais manejavam uma franquia secreta. Tratava-se de intermediários, que compravam no atacado e se introduziam no continente para vender ao melhor preço. Um negócio lucrativo para eles e também para os piratas. Estes recebiam um pagamento menor do que teriam obtido nos mercados de leilões, que também existiam na costa, mas vendendo em bruto poupavam-se do lento processo da seleção individual, que costumava ser caprichosa, e os regateios extenuantes. Pagavam-lhes em ouro cartaginês, do qual os povos costeiros tinham uma provisão inesgotável, mas empregavam com parcimônia para que não se desvalorizasse. Tornavam-se avaros do excesso. O inesgotável tinha o problema de ser abundante e o que abundava tendia a perder valor. A herança de uma Antiguidade dispendiosa devia ser administrada a conta-gotas, poupando tempo para produzir outra Antiguidade.

Os operadores eram de várias raças: árabes da meia-lua, tunisianos renegados e altivos etíopes de boa entrada nas cortes provinciais do deserto. Não fizeram objeções ao lote, nem sequer à inclusão nele de um ancião bastante macilento, que era nosso santo fugitivo. A experiência tinha-lhes ensinado que não havia nenhuma espécie de homem que não se pudesse vender. Podia variar o preço, mas sempre dava lucro. Atualizava-se o velho ditado "Todo homem tem seu preço". E não apenas tinha preço mas, além disso, proporcionava um excedente de lucro que dava a seus vendedores os meios para criar uma civilização. Evidentemente vale dizer que não aproveitavam a oportunidade; esta ficava latente. Os que poderiam ter sido sultões ou emires, se não tivessem se dedicado ao comércio, empregavam o tempo livre em sestas e conversas triviais. O comércio nas eras pré-capitalistas era como uma grande escada pela qual se subia e se descia simultaneamente. Dava tudo ao mesmo tempo que tirava. Ricas veias de capitalismo retrospectivo corriam por baixo. Impiedosos homens de pedra praticavam os intercâmbios primitivos, sem deixar escapar ocasião alguma. Justificavam o exercício do infame comércio de homens dizendo que ser vendido como escravo constituía um seguro de vida. Desde o momento em que alguém pagava por um bem, se ocupava de preservá-lo. Se era grátis, dava no mesmo que vivesse ou morresse. Tampouco tinham que dar desculpas: afinal, eles não tinham escravos: eram intermediários. Não reduziam ninguém ao cativeiro, como faziam os piratas, nem exploravam o trabalho escravo como faziam os que compravam esses homens. Além disso, sabiam que a instituição da escravidão não duraria. As premissas da evolução econômica não demorariam em torná-la anacrônica, por ineficiência. Passaria à história, se tornaria uma história e os bons historiadores os absolveriam. O futuro se voltaria para eles, abraçando-os como a seus filhos prediletos.

À sombra das palmeiras que se inclinavam sobre o mar, o acampamento permaneceu depois da partida da galera turca, esperando o carregamento seguinte, anunciado para as cinco. O clima acentuava a moleza e uma sorte de realidade começava a se revelar aos escravos, à medida que o efeito do ópio ia se desvanecendo. Esse processo era lento e tinha seus próprios efeitos. Dava cor e relevo a uma cena pitoresca em si. Papagainhos, macacas e borboletas voavam em círculos pelo alto, serpentes irisadas por baixo, perseguindo rãs. Era como sair de uma alucinação para entrar em outra.

Na manhã seguinte começaram a marcha. O pelotão de cativos caminhava atrás dos camelos, dos elefantes e dos cavalos brancos que os abissínios montavam. Teria sido mais piedoso viajar à noite, para evitar as altas temperaturas diurnas, mas de noite os animais dormiam e não havia modo de colocá-los em movimento. Contudo, não foi tão grave porque houve brisas frias provenientes das montanhas e chuvas refrescantes ao entardecer. Os ginetes e cornacas matavam o tédio com brinquedos de madeira que emitiam um ruído seco, um toc-toc repetido e multiplicado, a trilha sonora da viagem, finalmente exasperante, tanto que o resfolegar dos camelos, quando se dignavam a intercalá-los, proporcionava um alívio.

Tinham-lhes dado café no desjejum. O único motivo para fazê-lo era que não dispunham de nada mais barato para alimentá-los ou, ao menos, mantê-los de pé até vendê-los. Repetia-se o que havia ocorrido na galera turca com o ópio. Podia parecer uma mesquinharia, e talvez fosse no nível das intenções desses seres rústicos, mas objetivamente era o melhor que se podia fazer. Pois o mais barato o era por ser o mais abundante em um lugar; e para ser abundante tinha que ser o que se dava naturalmente nesse meio, quer dizer, o produto que correspondia às condições ambientes, definitivamente o melhor que podiam consumir os que habitavam, mesmo que de modo transitório, nesse lugar.

Com isso se confirmava mais uma vez a propriedade da mão invisível da lógica objetiva. Era preciso deixar a realidade agir, ela se ocupava de que tudo se acomodasse. As situações, fossem quais fossem, por exemplo, uma caravana de vendedores de homens cruzando os vales líbios, eram feitas de pequenos fragmentos espaçotemporais que deviam se organizar cada um em seu lugar, sem erros. Se alguém tentasse fazê-lo, era certo que se equivocaria: era preciso deixar que se fizesse por si só. Então, sim, se articulava do modo mais perfeito e provocava uma admiração sem limites.

O café produziu nos cativos uma intensificação quase excessiva do aparelho perceptivo. Viam tudo mais nítido, ouviam até os passos das formigas, as carícias do ar eram sentidas como raspões, e tudo mais. Essa negra infusão era nova para eles. Seus organismos virgens reagiram ao extremo. Os organismos animais eram sempre virgens a alguma substância nova e estreavam sensações. As paisagens começaram a se desenhar em seus cérebros com pelos e sinais. Os dias das vendas se sucederam sem mais variação do que as caças de órix e as festas improvisadas com os camponeses. Os ímpios conduziam-se em linha reta. A profusão de oásis diminuía consideravelmente a superfície do deserto. Cruzavam às vezes com golfinhos brancos, onde se insinuavam os braços de um mar itinerante. O continente se abria como um cofre de fundo duplo e a grande Lua africana presidia.

VI

A massa de homens-mercadoria foi se desagregando na marcha. Em povoados, granjas, destacamentos, sempre havia algum interessado em adquirir braços para diversos labores. Era como se sempre houvesse uma vaga, algo para fazer que desenhasse no vazio a figura de um homem que o fizesse. Mas a adequação do homem ao vazio era problemática. Havia variáveis demais. Um granjeiro comprava um escravo para que cultivasse os fossos e o escolhia por seu físico robusto, por suas enormes mãos rugosas e até por sua baixa estatura, que punha sua cabeça perto da terra, de seus cheiros e temperatura, de seus signos visíveis de fertilidade. Mas esse homem havia sido marinheiro toda a vida e provinha de uma linhagem de mar que o tinha adaptado: sua estatura era a mais apta para manter o equilíbrio nas cobertas oscilantes dos navios da época. E o calejado das mãos vinha do manuseio do cordame a bordo. Esse homem havia passado as nove décimas partes de sua vida sem pisar em terra, elemento que via com suprema estranheza. Embora não se devesse subestimar a capacidade de aprendizagem latente em quase todo ser humano, alguns podiam demorar anos para distinguir um rabanete de uma pedra.

Menos intratável que a terra nesse sentido era o reino animal. Nas sociedades pastoris que a caravana atravessava era necessário sobretudo homens para o cuidado dos animais. E a mão de obra escrava era particularmente apta para este trabalho, que exigia uma entrega sem limites às solicitações do animal; seus horários, sua alimentação, sua mobilidade. À diferença de um cultivo vegetal, os animais podiam cuidar de si mesmos, mas, justamente por isso, quando eram domesticados e explorados, era preciso colocá-los a cargo de um humano que replicasse em sua pessoa todos os modos da autonomia. O inconveniente era que os escravos que os criadores adquiriam provinham de outros âmbitos, longínquos e às vezes inimagináveis. Essas raças orgulhosas jamais teriam aceitado escravos de sua própria nação. Os estrangeiros importados à força não se limitavam a desconhecer os animais postos a seu encargo: consideravam-nos tão monstruosos como se fossem saídos de um pesadelo. Naquela época em que a informação era transmitida a duras penas de um continente a outro, no curso da viagem se deformava (outros diriam que se enriquecia) até adquirir traços quiméricos. Se era um homem que se deslocava, o processo se invertia e os monstros se materializavam. Girafas, hipopótamos e gorilas, com olhares fatais, deambulavam com liberdade.

Quando a venda se realizava em uma das capitais dos reinos concorrentes, a atividade mais provável a que seriam destinados era a construção. Esses Estados nascentes deviam levantar as sedes monumentais de sua soberania e o faziam com o método de tentativa e erro. Edifícios torcidos, linhas curvas e volumes alçados: nada correspondia ao conhecido. Os escravos novatos não tardariam em se dar conta de que os capatazes estavam improvisando. Os que haviam conhecido cidades de verdade viam se postar diante deles o fantasma prévio, as Constantinoplas onde vão comprar cristais para depois voltar para suas casas de campo.

Mais que em outras tarefas, na construção se apresentava como problema a necessidade de terminá-la. O incômodo dos pesados materiais com que se trabalhava tornava lento o processo. No transcurso havia inumeráveis momentos de desalento. Que não era o desalento comum e corrente de toda atividade que se prolonga, mas um muito mais persuasivo, quase invencível. E quando ele ganhava a partida e a construção era abandonada nesse ponto, descobriam que de algum modo estava terminada. A interrupção tinha-lhe dado uma estética não procurada, casual, que talvez fosse o que os pedantes chamavam estilo.

Também eram comprados para oficiar como cabeleireiros. Ou para o serviço doméstico. Cometiam torpezas pelas quais recebiam cabais reprimendas. Os ajudantes de cozinha que em sua vida livre tinham sido lenhadores deviam reconverter suas habilidades, tanto ou mais que um cozinheiro que pusessem a polir pedras lavradas. Era uma história que nunca acabava, uma loteria de ocupações e histórias. A escravidão se tornava paradoxalmente uma plataforma de liberdades sempre diferentes. Era como essa cena tão repetida em que alguém vai pedir ou perguntar algo a outro e este está ocupado em alguma atividade e com um gesto indica ao recém-chegado que espere um momento, e quando termina o que estava fazendo se volta e diz: "Sou todo seu." Exatamente assim, incluída a cortesia informal implícita na disponibilidade para colaborar com o próximo.

Os únicos estrangeiros que visitavam essas terras eram os que os piratas turcos traziam. Iam para ficar, como valiosas propriedades dos nativos. Estes gozavam de uma ilimitada liberdade, em parte devido à falta de relações exteriores, mas também graças a uma disposição mental que se traduzia em uma peculiaridade linguística. Tinham só um verbo para os significados que nas línguas europeias eram repartidos em dois: querer e poder. De modo que quando diziam "Eu faço o que quero" eram perfeitamente sinceros. A realização dos desejos se expressava dentro do sistema geral da possibilidade, com o que se fazia universal. Isso causava um mal-entendido de base em sua relação com os escravos que trabalhavam para eles.

Não era culpa de ninguém. Uma sociedade escravista era difícil de entender e a dificuldade, que era a mesma que se opunha à adaptação do homem a seu trabalho, era a chave para compreendê-la. Cada homem se completava com seu escravo, do mesmo modo que o querer se completava com o poder. Um vinha de longe, o outro era residente. Superava-se desse modo a unidade implacável da Natureza.

Visto do lado dos que podiam se considerar vítimas, era uma experiência a mais, em que culminava a série de experiências em que consistia a vida. A experiência de ser escravo tinha a plasticidade para ser tudo e cabia a homens que em geral não haviam sido nada. E mesmo quando em sua etapa europeia tivessem sido algo, a condição metafórica da escravidão fantasmagorizava suas experiências: escravos de suas paixões, escravos do lar, do trabalho... Quase podiam se considerar privilegiados por terem sido feitos escravos de verdade, literais (só uma concatenação de fatos tão pontuais como infrequentes tinha-o tornado possível), pois isso lhes sucedia no próprio corpo, e não no pensamento, e a passagem assegurava uma consumação do humano como nunca teriam suspeitado que pudesse acontecer a eles.

VII

O velho santo foi comprado por um importante guerreiro abissínio chamado Abdul Malik. Nunca soube quanto pagaram por ele; preferiria não acreditar que tinha ido como um extra gratuito no bando (ainda que fosse o mais provável); ali compraram todos os homens que sobravam. Como um objeto, foi conduzido junto aos demais às portas da casa de seu novo amo. Poderia ter acontecido isso ou outra coisa. Não sabia bem o que estava acontecendo; as percepções resvalavam nele sem deixar rastro. Seu cérebro se achava em um estado de superfície não absorvente e não apenas o seu cérebro, mas todo o interior de seu corpo, petrificado, imóvel.

O degelo começaria depois, muito pouco a pouco, como uma educação enciclopédica. Era toda uma civilização exótica que tinha de absorver. Isso sucederia em fragmentos descontínuos e tomando cada traço desse mundo para colocar em transparência sobre seu equivalente no mundo em que ele tinha vivido, e extrair daí o sentido. Mas este sentido era o que correspondia a uma terceira civilização, inexistente, ou existente apenas em sua mente. Os cômodos eram miniaturas coloridas de três andares. Dava pra ver uma huri, para poder assimilá-la devia superpor seu conceito ao de uma Virgem no altar, e o resultado do decalque era uma terceira dama, entre o alabastro e a lubricidade. Se tropeçasse no cabresto decorado de um camelo, interpretava-o a partir do estilo da liturgia da Sexta-feira Santa e o objeto composto pela mescla não parecia com nenhum de seus componentes. Isto que tinha algo de um jogo de criações fantásticas não era diferente do mecanismo habitual das impressões que todo mundo recebia, só que estas por estarem na África eram mais vistosas.

Quis saber se por acaso tinha chegado ao final de sua viagem. Se deveria viver e morrer ali onde havia chegado. Era inquietante. O homem que o recebeu, e que lhe pareceu um hierarca e até o mesmíssimo dono da casa, quando na realidade era um serviçal, o conduziu àquele que seria o seu quarto. Ali o deixou, sem mais explicações, absorto em seus pensamentos. Porque voltava a pensar, atividade que tinha quase completamente anulado por efeito dos acontecimentos e das substâncias: a fuga da meia-noite, a navegação intempestiva, a tempestade, e as sucessivas sub e superexcitação do ópio e do café. O quarto era mobiliado com austeridade. Duas caminhas em ângulo reto, uma mesa, uma cadeira, um tapete e uma romãzeira ornamental, em um vaso de cerâmica, em um canto. A pequena janela quadrada, sem cortinas, tinha postigos de finas lâminas de cobre que tremulavam na brisa. Sentou-se em uma das camas perguntando se seria a que lhe correspondia ou se já a teria escolhido o seu companheiro de quarto, se é que o tinha. Os lençóis de uma e outra estavam igualmente imaculados, de modo que supôs que não tinha importância. (Não tinha, com efeito, porque o quarto era só para ele; a segunda cama era destinada a um convidado.) Deitou-se e dormiu; uma parte de sua mente adormecida se esforçava para abrir a válvula dos sonhos, a outra, mais prudente, os reprimia, para não sobrecarregar com vicissitudes irreais e inúteis uma experiência já profusa em si. O resultado foram sonhos vistos de longe, dentro de uma bolinha cristalina que brilhava no fundo de sua escuridão pessoal.

Acordou de noite, quando vieram chamá-lo para jantar. Achou que na manhã seguinte lhe dariam alguma tarefa, mas não foi assim. O que via da organização doméstica era caótico. Acostumado como estava à regra horária e ao quadriculado espacial do monastério, este ir e vir de desconhecidos de ambos os sexos entre pátios, salões e os intermináveis corredores circulares se tornava inexplicável. Cansado, refugiava-se no quartinho, do qual nem sempre lhe era fácil encontrar o caminho, e tornara a sesta. Mas a situação estava longe de lhe parecer satisfatória. Ao seu modo, ele sempre tinha sido útil e cumprido uma função. Na Idade Média (pois apesar de seu deslocamento geográfico forçado, continuava nela), as pessoas não se aposentavam nem contavam gozar de um “merecido descanso”: continuavam fazendo a sua parte até que arrebentassem e achavam isso natural. Mesmo a preparação para o bem morrer ele havia encarado como um trabalho, e um trabalho que merecia ser feito do melhor modo, para benefício próprio e também da comunidade.

O pior era que todos pareciam ocupadíssimos, o movimento não cessava durante todo o dia e boa parte da noite. Sua desocupação o excluía até das exclusões. Estava se estabelecendo o que mais temia: uma normalidade anormal. Ainda por cima, as instalações a que tinha acesso eram tão vastas e complicadas, o movimento de homens com turbantes e mulheres tagarelas era tão veloz e mutante, tão variados os utensílios, mobiliário e louça, que não conseguia imaginar sequer que tarefa poderia se autoimpor. Não é de estranhar que se sentisse marginalizado e frustrado. Daí à indignação estava a menos de um passo. “Para que me compraram?”, se perguntava, e teria jogado na cara dos valetes caso se atrevesse. A irracionalidade de uma transação social já era motivo de irritação: muito pior se a peça irracional da engrenagem era você mesmo.

“Para que me compraram? Para que me compraram?” Cabisbaixo, ia para o quartinho, esquivando-se dos cantores e das ânforas, e se deitava. Corria o perigo de que se instalasse nele uma depressão. Não bastavam para levantar-lhe o ânimo os cravos em miniatura, rosa e branco, que punham em uma jarra sobre a mesa. Ao contrário, sentia-o como um sarcasmo, como uma gozação.

Sua preocupação havia sido prematura, porque já no dia seguinte puseram-no sob as ordens do chefe de camareiros, que operava a partir da cozinha. Primeiro por intuição, depois por observação direta, o santo soube que havia mais de uma cozinha, servindo aos diferentes setores de uma casa imensa. Não tinha sido bem planejada a distribuição: algumas estavam acopladas, separadas apenas por um corredor, outras afastadas demais. E como a disposição de todas elas era idêntica, só os veteranos evitavam de se enganar. Mandavam o santo daqui para lá e suas perplexidades causavam graça. Bastaram uns poucos minutos para que se arrependesse amargamente de ter desejado que o pusessem para trabalhar. "Será que nada me satisfaz?", se perguntava. Caso esquecessem dele, se sentia abandonado e obsoleto como um traste velho; caso se ocupassem dele, rogava em seu foro íntimo que o deixassem em paz. Mesmo reconhecendo este defeito de conduta, não se culpava demais porque o atribuía a sua nova condição de escravo. Por definição, um escravo nunca estava contente.

Isso tampouco durou. Bastou vê-lo em ação para que despertasse uma profunda desconfiança. Justificada, porque dava medo vê-lo empilhar e transportar objetos quebradiços, dos quais havia muitos e eram insubstituíveis. Ainda que o estabelecimento pertencesse a um militar de raça, e as antigas guerras estivessem presentes em cada detalhe de comportamento e mentalidade, a louça era de grande delicadeza. Pratos, travessas e taças tinham saído de fornos antigos com que os artistas desconhecidos tinham se proposto a emular, não a asa de borboleta, mas o ar em que se movia, tingido pela persistência na retina de suas cores. Quando os viam nas mãos do velho santo, com seus dedinhos brancos e finos feito palitos, seus pulsos de menina, assustavam-se e corriam para tirá-los dele dizendo "Deixa, deixa, eu levo!". Tudo muito amável e com a melhor intenção, mas o resultado era que voltava a estar sem nada para fazer.

Tentaram outras tarefas, mas sem convicção. Ao que parecia sobrava pessoal e era mais fácil deixá-los de braços cruzados do que dar funções em que era preciso doutriná-los, vigiá-los, corrigi-los e, o mais incômodo, reparar os estragos dos desastres que provocavam. Ainda assim, obedecendo a ordens superiores, insistiam. Inventavam trabalhos de utilidade nula, que ninguém levava a sério, nem sequer para manter as aparências. Com ele falhou tudo. Sua torpeza no material era completa. Era dos que não distinguiam a direita da esquerda (tinha que pensar um bom tempo), o que nas tarefas domésticas era definitivo. Recorreram à solução mais prática, à qual deveriam ter acudido desde o início: puseram um assistente para fazer tudo por ele. Tratava-se de um menino, sem nome, tímido e obediente, que dali em diante o acompanhou a todas as partes e ocupou a segunda cama do quarto, que assim mostrou que não estava de mais, e fez o santo pensar que talvez este assunto do assistente já estivesse previsto desde o começo.

Mas a falta de lógica que prevalecia nos domínios de Abdul Malik teve então uma suprema manifestação. Porque o puseram a fazer, agora que não tinha por que fazê-lo ele em pessoa, o único trabalho que teria podido realizar sem acidentes: carregar rosas. Esses guerreiros das savanas eram fanáticos pelas rosas, por influência iraniana; cultivavam-nas com afinco e até contratavam especialistas estrangeiros de prestígio, que muitas vezes eram impostores que zombavam da ingenuidade destes aficionados ricos. De qualquer modo, as rosas cresciam sozinhas. Levavam-nas para os interiores, a partir dos jardins, em grandes braçadas que eram repartidas em ramos exuberantes nas jarras. Como as rosas não se quebravam ao cair, o santo poderia fazê-lo, mas para não contradizer deixava que o menino o fizesse, apesar de que os galhos fossem grandes demais para ele, devia estirar ao máximo os braços e os espinhos lhe deixavam arranhões em todo o corpo. O santo fechava os olhos e se dizia que as crueldades acidentais do mundo eram inevitáveis.

VIII

Os roseirais eram cuidados por uma tropa de jardineiros, que nem por ser numerosa era mais eficaz. Não fosse a tenacidade das plantas, teriam se tornado um capinzal. Postos a cultivar a flora nacional, homens de outras latitudes traziam à luz suas piores qualidades nos quesitos preguiça, descuido, irresponsabilidade e todas as torpezas que nasciam delas. Para as plantas o crescimento era uma corrida de obstáculos. Mas a pontualidade dos ciclos naturais triunfava no final. Os jardineiros se deslocavam no carrossel de sua incompetência, como figuras inertes. Somente tomavam consciência do que estavam fazendo quando se chocavam. As batidas e sacudidas que recebiam iam marcando o tempo. Supunha-se que seus horários eram rotativos: uns o eram, outros não. Os gazebos astronômicos de funcionamento musical abriam brechas intransponíves entre as horas. Os pés nus dos homens apalpavam o chão, respondiam às profundas raízes, imitando formas reais em seus desenhos obscuros: todas plantas de pés. Recrudesciam quedas e sopapos como em comédias de palhaços.

Quem os tinha posto ali? Revelava uma desorganização administrativa de nível superior. E este nível culpava por sua vez o outro mais acima; essa escalada não terminava nunca e, quando terminava, o fazia com choros e gemidos que já não articulavam nada. O raciocínio que guiava as decisões parecia ter sido de não intervenção. "Se entorpecerão tanto entre eles – ter-se-ia dito o demiurgo dos jardins – que deixarão em paz os roseirais." Adormeciam, chegavam tarde, os apaixonados que tinham encontrado refúgio nos grandes canteiros zombavam deles, entre os beijos. Não era um trabalho de verdade, tampouco um passatempo.

O objetivo final eram as rosas, pelas quais estes povos sentiam uma atração apaixonada, que em séculos posteriores, com o avanço da civilização e o retrocesso da sensibilidade, se transferiria para os aparelhos mecânicos. O antecedente estava nas próprias flores, aparelho reprodutor da planta e mecânica de estames e pistilos semoventes. Agiam por telecinesias imóveis, abriam-se à noite com cargas de orvalho, chorosas entidades selenitas, indecifráveis.

Os motivos da atração eram vários e se contradiziam. Sua beleza tinha algo de grotesco. Não eram as rosas-chá, que chegariam da Ásia muito depois e promoveriam uma mudança de gosto geral em floricultura. Eram as rosas da Antiguidade, grandes como repolhos, carnudas, com centenas de pétalas comprimidas. Seu perfume mareava, lascivo e adocicado. Eram o resultado de enxertos definitivos feitos em eras esquecidas, mas não tinham história: eram sua própria arqueologia, testemunhas do presente. Fascinavam por sua presença tão repetida, uma constante reprodução do similar, sem outra razão que uma beleza discutível. Nenhum de seus muitos admiradores sabia se os demais viam nelas o mesmo. O mistério das rosas era insondável. O tratamento que faziam do oxigênio terminava irritando os nervos que percorriam os talos, um único nervo na realidade, ao qual alimentavam secreções medulares. A rosa se abria: parecia estar se representando. Detinha-se de repente, com uma indecisão vegetal. Os roseirais que eram um apêndice que não podia faltar nas grandes propriedades rurais abissínias tinham sido despojados de árvores, para que nem a menor mancha de sombra obstruísse suas químicas. Em suas avenidas embriagantes os vigilantes de grandes rostos faziam rondas incessantes.

Tudo isto conduzia às cerimônias da polinização, às quais acudiam milhares de insetos de toda descrição. Indiferentes, soberbas, as rosas abriam seus canais aos visitantes, se deixavam penetrar por seus cornos e antenas, por todo apêndice peludo que se interessasse por elas.

O volume da rosa era simétrico e conformava a mesma imagem de qualquer lado que se olhasse. Isso era uma importante ajuda para os agentes de fecundação, mas ao mesmo tempo era parte de um problema maior para o humano a cargo delas. As rosas estavam aí para contemplação, o deleite estético e, sobretudo, para criar a sensação de luxo. Tudo isso dependia da percepção particular do objeto e de seu funcionamento. Daí surgia o problema. Porque essa percepção era um acréscimo sem justificativa nem significado no curso da vida real dos sujeitos que a experimentavam. Era como se um poeta em vias de redigir as gestas dos ancestrais de seu rei descobrisse que tinha pouco material (fosse porque tinha investigado pouco, ou porque os ancestrais tinham sido preguiçosos) e então, para aumentar, se lançava a uma frondosa digressão descritiva de paisagens ou móveis. Ele saberia dissimular a sensação de fraude que podia assaltá-lo com boas desculpas (era sua profissão). As rosas também podiam ser usadas para tornar os dias mais longos, para encher essas brechas entre uma atividade e outra.

A inutilidade de tudo isso se fazia patente, nas brechas ou fora delas. Aos cultivadores sobrevinha um desalento invencível. "Por que estou fazendo isto?", se perguntavam. Seria porque não tinham outra coisa para fazer? O espectro grandioso da experiência, o arco multicolorido que cruzava toda a natureza e a sociedade, oferecia oportunidades não só para toda uma vida como para todas as vidas. E eles as viam de fora, ocupados em uma suposta estética floral que continha mais autoengano do que outra coisa. Flores de segunda mão, com uma pretensão de beleza superada de antemão pelos fatos. A cara rubicunda das rosas alçava-se acusadora para eles e gritava: farsantes! Fracassados!

A quem acreditam que vão enganar, se não podem enganar a vocês mesmos?, acompanhado de uma risada sardônica tão imaginária e autoflageladora quanto as palavras. A obra zombava de seu criador e não tinha outro veículo para fazê-lo que o próprio criador.

E, no entanto, havia alguns incautos que se achavam o próprio drama das rosas. Em uma economia escravista podia acontecer, era quase inevitável. As rosas não falavam na realidade. Mal poderiam tê-lo feito carecendo de órgãos de fonação. Mas, igual a todos os objetos, os inertes e os dotados do pulsar da vida, como era o caso das flores, tinham uma peculiar eloquência, tanto mais convincente por quanto quem colocava as palavras era aquele que as ouvia ou acreditava ouvi-las. Talvez o humano tivesse aprendido a falar assim justamente: pondo palavras na boca dos objetos. Em todo caso, assim aprendeu a dizer a palavra destrutiva e niilista chamada Verdade. Não havia outro modo. Nas pré-cordilheiras etíopes o método havia sido refinado e grandes objetos, testemunhas mudas das andanças de seus portadores, alçavam-se como marcas de uma peregrinação.

Em outro setor do parque de Abdul Malik, as valiosas ameixeiras eram custodiadas por espantalhos não antropomorfos. Quando o santo tropeçou em um deles ficou absorto: eram uns cata-ventos de madeira de azevinho, de três metros de altura, que emitiam um som chocalhante e entrecortado que lembrava algo que tinha ouvido no dia anterior, na caravana. A curiosidade levou-o a explorar e descobriu que havia mais. Ainda que fossem feitos segundo o mesmo modelo, eram todos diferentes, o que não poderia ser de outro modo tratando-se de fabricações artesanais. Soavam parecido, ainda que com variações. Uma observação mais detida o fez ver que tinham distintas idades. Havia os que pareciam recém-terminados, com a madeira apenas desbastada, e outros escangalhados e maltratados pela intempérie. A caminhada o levou ao pé do cata-vento mais antigo de todos, o velho ancestral ainda de pé, garboso e tagarela, ainda que por seu aspecto se diria que havia presenciado o começo do mundo.

Tinha vontade de falar com eles, de perguntar-lhes pelo sentido da vida ou, em todo caso, por que ele estava ali. O rouco sacolejo da madeira falava com o vento que a fazia falar. Não era impossível que estivessem dizendo algo, já que tudo no mundo dizia algo de um modo ou de outro. Até o discurso do homem o fazia, porque dentro de cada palavra longa sempre havia uma palavra curta, por exemplo, dentro de "palavra" havia "ala".

Os troncos das arvorezinhas porejavam umas resinas cheirosas em que as vespas iam morrer. A neve das montanhas vizinhas, transportada pelos sofridos burrinhos, se derramava sobre os flocos de mucilagem.

Pouco a pouco, e ainda que sua mente não estivesse especialmente preparada para a mecânica, foi entendendo como funcionavam os cata-ventos. O ar movia as tabuinhas superiores, expostas sobre fios de cobre, e fazia-as deslizar com força contra as bolinhas encaixadas nos fios. O som que se produzia era sempre diferente e se prolongava em notas surdas durante o tempo que levava para formular uma frase contínua. Tanto engenho servia apenas para proteger os frutos dessas retorcidas arvorezinhas das aves decorativas vermelhas, que se mimetizavam quase perfeitamente com as ameixas.

O menino tinha medo dos cata-ventos, escondia-se atrás do santo quando este se absorvia em suas meditações. Quando alguém pretendia envergonhá-lo por este temor, se defendia dizendo que não tinha medo de nada, menos ainda do que lhe produzia medo. E se, com uma resposta tão autocontraditória provocasse risos, se explicava melhor, com raciocínios que, mesmo infantis, se sustentavam: queria dizer que não tinha medos já consolidados esperando dentro de sua mente, a realidade tinha que inventar um novo para que o comovesse. Postulava um mundo criador, que se manifestava mediante o idioma das coisas.

IX

Abdul Malik, o proprietário, era um homem de idade madura, barbudo, charmoso, sempre de turbante e pantufas coloridas, uma presença que teria sido imponente não fosse pelo ar de desconcerto que não o abandonava nunca. Mas suas ideias eram claras, talvez mais claras, mais bem definidas do que lhe conviria. Isto o santo pôde comprovar nas longas conversas que tiveram. A riqueza, a linhagem, o poder não eram tudo. Ou, pior ainda: sim, eram tudo, mas por sê-lo tinham reversos, contundentes e invasivos. Do outro lado da riqueza, vigilante, estava a pobreza. E quem era rico?, perguntava Abdul Malik. Não se tratava por acaso de algo eminentemente relativo? E que não lhe falassem da riqueza espiritual, dizia, talvez adivinhando o que podia estar pensando o seu interlocutor. A riqueza não era espiritual, era material, e todo o resto era metáfora. Segundo sua experiência, somente podia se considerar rico de verdade quem tinha excedente suficiente para voltar a ser pobre e não dever nada a ninguém. Não era seu caso, lamentavelmente.

Nesta como em outras expressões, exibia sua inteligência, ao mesmo tempo que sua fatigada resignação em ser apenas inteligente. Era daqueles que tinham cérebro para resolver os problemas, mas também para ver que, ainda que resolvidos os problemas, continuavam sendo problemas. Sua vida foi se complicando pouco a pouco e, no processo, seu caráter tinha se achatado, até chegar a se cobrir como uma lâmina flexível dos fatos. Ainda que honrasse os prazeres da mesa, não havia sofrido o flagelo da obesidade, de que eram vítimas seus primos, os emires de Kafalat.

Não era fácil, nem tinha fim, o combate contra o sobrepeso que levavam adiante esses seres gulosos e dados à moleza. A vontade frágil, o espetáculo desalentador da fome do Sudão, e a frequência das efemérides que ocasionavam festas, não ajudavam. Ajudava menos ainda o fato, que afinal não tinham mais remédio do que reconhecer, de que era um combate individual. Em um estágio da civilização em que a comunidade atuava em uníssono, empreender ações solitárias e contra a corrente coletiva, e sustentá-las no tempo, se tornava muito pesado. A nostalgia do deserto e viver com uma tâmara por dia se conjugavam para a derrota final. O pior era que os vizinhos sempre estavam em forma, fazendo-os sentir transplantados a um continente de atletas. Ao santo, outro transplantado, o estilo de vida dos emires, dos subemires e dos provenientes das pré-cordilheiras produzia uma impressão de eternidades depressivas. Era como se tivessem tudo resolvido e sua iniciativa se embolorasse em hábitos. Depois começaria a ver que não era exatamente assim, ao menos no caso de Abdul (porque até então, afirmada a relação entre os dois, já pensava nele por seu primeiro nome). Mas a primeira impressão perdurou, por uma inércia fácil de entender.

Conheceram-se no jardim, diante de um dos cata-ventos.

– Olá...

– Olá. Senhor...?

– Abdul Malik, proprietário dessa feitoria arruinada. Com quem tenho o prazer...?

– Sou um escravo de recente aquisição.

– Sério? – O amo avaliou a idade do escravo com uma mescla de surpresa e inquietude, mas dissimulou ambas. Saiu pela tangente elogiando o menino: – Que bonito e gracioso. E parece inteligente. Pena os arranhões. Um gato te pegou?

– Não. Foram as rosas.

– Mmm... Sim, as benditas rosas. Que desgraça.

A praga das rosas, a falsa poesia que inspiravam e os cata-ventos deram-lhes assunto de conversa, que derivou para zonas mais pessoais quando Abdul Malik confessou que tinha saído para o jardim a fim de arejar um pouco a cabeça atolada em problemas. Pequenos problemas, questões domésticas, seu pessoal se encarregava de resolver, mas os resolviam um por um, e como a lista era longa sempre ficava algo pendente. Sabia que a evasão não era resposta adequada, mas praticava-a de qualquer modo.

Seja porque a companhia do velho santo lhe resultava relaxante, seja porque qualquer outro teria tido o mesmo efeito, a conversa se prolongou, e se repetiu mais tarde. Foi o período que deixaria a melhor lembrança da viagem. Ali nasceu para ele a primeira das paixões filosóficas, a amizade, o contato temático dos cérebros, o tesouro depositado no tempo. Essa metáfora tão batida, "o tesouro da amizade", dava a chave. Um tesouro não era apenas a riqueza fiduciária que representava, mas outra categoria superior de riqueza: a travessia que levava a encontrá-lo, a aventura, a ilha onde os piratas tinham-no enterrado, ou o fundo da gruta vigiada por dragões ou o castelo dentro dos muros enfeitiçados, os perigos, a fantasia. E o próprio tesouro, quando se revelava aos olhos deslumbrados do herói, consistia em rubis, esmeraldas, pérolas, talhas preciosas, antigas moedas de ouro. Essa beleza, essa riqueza em estado de abundância e de tesouro propriamente dito, não podia durar. Porque tinha que ser vendido, convertido em dinheiro, aos poucos ou tudo junto, para que fosse de alguma utilidade a seu novo dono. E assim era como toda a beleza material, ainda cheirando a romance e aventura, se transformava em algo tão abstrato e no fundo tão trivial como o dinheiro, cuja única função era desaparecer.

Esse declínio não ocorria com o tesouro da amizade graças ao simples trâmite de se tornar metáfora: não se convertia nunca em algo abstrato e trivial cuja função fosse desaparecer. Era inconvertível, permanecia com todos os seus brilhos e formas. Em parte por ser uma metáfora, em parte por sua natureza mesma, a amizade conservava cada uma das pedras preciosas que a conformavam.

Devido ao seu intenso compromisso com o material, a amizade estava indissoluvelmente ligada aos lugares onde sucedia. A casa de Abdul foi um lugar desses para o santo, um compêndio de sinais memoráveis. Mais que uma casa, parecia uma pequena cidade. Erguia-se em uma propriedade de dezesseis hectares e consistia de diferentes construções intercaladas de pátios, currais, jardins, um lago artificial e até uma pequena montanha em que as cabras roçagavam. As instalações destinadas aos animais variavam em tamanho desde os barracões com capacidade para duzentos camelos até as diminutas manjedouras para um só quati. O vasto contingente humano que vivia à sombra de Abdul podia escolher entre diversos edifícios baixos interconectados à beira do lago, as barracas superpostas na maior parte ocupadas pelos escravos e, para os que queriam mais privacidade, os iglus de cana e esparto perdidos entre as buganvílias, que convidavam à sesta e à meditação. Dominando o centro, a casa principal. O elemento construtivo tradicional do país, tijolo branco de modestas dimensões, por sua aderência e flexibilidade permitia exibicionismos formais que lhe davam um ar rococó. A mansão central era enorme e mesmo assim não sobrava espaço, porque albergava de forma permanente o exército regular do guerreiro. Prodígios engenhosos tinham sido necessários para compartimentar o interior; ao harém principal, do dono da casa, se somavam haréns particulares de seus oficiais, todos separados com o maior rigor (ainda que por todos, ou quase todos, circulavam as mesmas mulheres com diferentes nomes). As aberturas e as fechaduras tinham sido pensadas como válvulas que regulavam o vazamento não de gases ou líquidos, mas das histórias orientalistas. Pisos de ladrilho de lacre, janelas em forma de meia-lua giratória para moderar o resplendor e forros quadriculados completavam o panorama do interior da casa. O mobiliário se reduzia a otomanas, jarros e gabinetes. Os utensílios eram guardados em porões e desvãos, quando não em armários encaixados. Legiões de homens trabalhavam nas hortas, onde se exibiam as abóboras vermelhas e os pepinos. Vizinhas às esterqueiras erguiam-se estruturas de grandes dimensões das quais escapava um rumor constante de trabalho manual e os cantos monótonos dos tecelões. Depósitos e celeiros, silos de materiais e fontes, torres, observatórios completavam o dispositivo que poderia ter sido o de uma repartição pública, mas na realidade era privado. O caráter militar das instalações ficava um tanto ofuscado pelo constante trânsito interior de camponeses, crianças e operários capacitados. Esta verdadeira fortaleza de campanha se assentava nas ladeiras levemente elevadas dos montes Altái, na órbita de várias pequenas mesopotâmias abissínias. O clima era benigno, com ciclos, e às vezes sem eles.

X

– E você, o que fazia – perguntou o dono da casa esparramado na poltrona – antes... antes de vir nos fazer companhia?

A pergunta desconcertou o santo. Sua vida anterior parecia-lhe tão distante que se desenhava em seu pensamento com as linhas e as transparências de uma paisagem imaginária. Contribuía para sua perplexidade a atmosfera de intenso presente que reinava no gabinete de Abdul: se se mencionava um fato do passado era para fazer reverberar na conversa, para enriquecê-la com uma novidade a mais. Sem querer, foi o que fez com a única resposta que lhe veio aos lábios quando repetia para seus botões a pergunta: O que fazia?

– Milagres.

Disse-o com uma ironia que só para ele passou despercebida. Os presentes, que eram os habitués das tertúlias improvisadas à tarde, receberam a informação com risadas e a adornaram com um sem-número de réplicas risonhas:

– Milagre é que te paguem o que te devem.

– Milagre é não ter calor sob o sol.

– Milagre é não cair do camelo quando você está bêbado.

– Mais milagre é não ter uma ereção quando o camelo está apressado.

A partir daí derivaram para "milagres" de cama, pois em confiança se permitiam amplas liberdades de linguagem e de conceito. O milagre, com efeito, era um fenômeno eminentemente metafórico. O santo, que arrastava um ranço de complexo de inferioridade social, felicitava-se por ter favorecido esse estalido de jogos de palavras, mesmo sem tê-lo feito de propósito, pois sua resposta havia obedecido a uma modesta sinceridade. Seus temores de estar demais e de não contribuir à conversação eram infundados, porque o tinham adotado com total naturalidade e inclusive, por sua condição de novo, com alguns privilégios. Um destes era o de contar histórias a ele que os outros tinham ouvido mil vezes, mas voltavam a ouvir em seu exclusivo benefício. Ou não tão exclusivo, porque também participava o prazer de contar. E escutavam com atenção, corrigindo algum detalhe, ou ampliando outro, ou por vezes assinalando que uma precisão estava demais e não correspondia à essência do relato. O único que costumava manifestar impaciência era Abdul, que resfolegava "Ufa, já ouvi isso muitas vezes" e se levantava e ia até a entrada para ver o que o grego fazia. Mas foi ele desta vez que tomou o papel de narrador, ainda que qualquer outro pudesse tê-lo feito, porque a história era conhecida de todos.

– Milagres de verdade – disse – por aqui houve apenas um, por sorte! Faz alguns anos, quando morreu meu tio-avô, o velho Zarac Inmalik. Este sujeito, deserdado do tronco principal da família, ovelha negra exemplar não apenas dos Malik, mas da província, da nação, da raça e eu diria do gênero humano, havia deixado uma fileira de fraudados, havia praticado todas as variantes do conto do vigário...

– Seria preciso contar o da fábrica de sorvetes – intercalou o Vizir.

– Não vale a pena. Houve mil desses. Falências de cada empresa que formou, ainda que a maioria fosse imaginária, coletas para caridade inventadas, negócios fantásticos dos quais ninguém viu o argumento, enfim, continuar para quê? Mas, apesar de tanta pertinácia nas manhas da ambição, não fez fortuna; na realidade, não fez um dinar partido ao meio. É claro que foi torpeza, mas aos olhos da ignorância e da superstição foi outra coisa. Que ao longo de uma extensa vida de delinquência econômica não se tivesse consumado nenhum delito, nem tivesse ficado um único dano, só podia se dever a uma proteção divina. Proteção contrária, mas não menos divina por isso. Quiseram vê-lo, e com efeito o viram, como algo superior à honestidade. Porque até o homem mais honesto pode causar algum prejuízo ao próximo, involuntariamente, mas que sendo essencialmente desonesto não prejudicasse ninguém...

– Mas você falou de uma quantidade de prejudicados – disse o santo.

– Prejudicados moralmente, que se consolavam rapidamente ao ver que não tinham perdido dinheiro. Pois bem – seguiu –, dessa incomum circunstância a plebe deduziu que era um eleito pelos poderes celestiais e, quando morreu, veio muitíssima gente ao sepultamento. Na família tínhamos pensado em lhe dar um funeral discreto e tratar de esquecer dele e de suas vigarices, mas em vista de tanto fervor não houve outra opção além de fazer algo elaborado. Mandamos fabricar com urgência um desses ataúdes em forma de canoa, com seis cabos de bronze e, ao amanhecer, depois de uma noite de vigília com cantos e tambores, iniciou-se a procissão à Gruta dos Mortos. Seis homens levavam o caixão na mão, dois primos meus, o filho de um deles, dois antigos sócios do defunto que pelo visto tinham-lhe perdoado, e um voluntário. E pode acreditar que na metade do caminho se produziu o milagre? O caixão começou a se elevar no ar, com os seis portadores pendurados nas alças, foi ganhando velocidade e altura e terminou se perdendo no azul do céu e nunca mais foi visto.

– Assombroso!

– Muito espetacular, com certeza, ao ponto de deixar todo mundo de boca aberta, inclusive esses mal-educados que nunca faltam dizendo "Viram? O que eu disse? Sabia que era um escolhido". Mas nem tinha terminado de desaparecer quando começou a preocupação, que não demorou para se tornar um lamento inconsolável, pelos seis inocentes que havia levado consigo. Meus dois primos, que tinham segurado as alças meio brincando, deixavam viúvas, órfãos, era uma tragédia e, pior, o filho de um deles, meu sobrinho favorito, um rapaz de vinte anos que acabava de ter seu primeiro filho. O choro pungente de sua jovem esposa partiu nosso coração. Os dois ex-sócios tinham se oferecido, podia-se dizer que o mereciam, mas eles também deixavam familiares e amigos.

– Ao que parece – interrompeu o Alfil sentindo que algo ficava sem explicação –, não soltaram as alças acreditando que seria uma elevação momentânea e que voltaria a pousar. Queriam experimentar a emoção de um voo sem se expor a seus perigos, acreditavam-se como que transportados por uma dessas potências sobrenaturais que nunca defraudam seus fiéis. Mas de repente estavam muito alto e, caso se soltassem, se espatifavam.

– Houve uma aceleração repentina que os pegou de surpresa.

– O próprio voo os tomou de surpresa – disse Abdul –, os paralisou, não os deixou pensar, que é o primeiro efeito, mais comum, que tem um milagre. E só isso já o torna pouco aconselhável. O sexto desaparecido, um voluntário saído da multidão, não conhecíamos; mas foi o que mais problemas nos deu. A viúva veio reclamar uma indenização e, como não quisemos dar, nos processou diante dos imãs de Kafir... Não sei no que isso terá dado.

– O processo continua ainda – disse o Vizir.

– Sim? Que desgraça. É que quando cheiram grana não abrem o bico. – Suspirou. – Você já percebe, se queríamos ter um milagre para contar aos nossos netos, o tivemos, mas nos custou caro.

O santo não fez comentários, se limitou a estampar uma expressão séria. Por sorte não perguntaram que tipo de milagres ele tinha feito, porque não teria sabido o que dizer. A chegada de outro dos habitués renovou o papo, junto com a disposição das banquetas e cadeirinhas ao redor da mesa de centro.

O gabinete constava de dois ambientes. Em contraste com os superdimensionados salões da casa, estes eram pequenos, com uma atmosfera marcante e de acolhedora intimidade, sobretudo o segundo, onde se achavam nesse momento. O dianteiro era o escritório propriamente dito, mas Abdul o evitava como podia. Delegava a seu assistente, o grego Nicomedes, que atendia os militares que apareciam o tempo todo com seus pedidos e exigências. O santo suspeitava que o grego não era muito confiável e que aí se desenrolavam negócios estranhos, mas Abdul não parecia se preocupar. Do mesmo modo que em outros campos, deixava fazer, fechava os olhos, a única coisa que pedia era que o deixassem tranquilo, fumando em sua grande *houka* de ouro e papeando com os amigos. Isso ele fazia no quarto atrás do gabinete, onde se atirava na grande poltrona negra e deixava passar as horas, sempre de bom humor, curioso pelas vidas alheias e disposto a compartilhar sua experiência e suas lembranças no papo descosturado e generoso em risadas.

O ambiente tinha essa austeridade rica da velha nobreza abissínia que alentava cortesias e pausas para pensar. Fechado, com apenas uma janelinha no fundo, nele se abria um mundo diferente do mundo, ainda que muito parecido, a vida se afastava, mas não tanto a ponto de perdê-la de vista, a própria existência dos homens e das coisas se resolvia em tema de conversa, o que a tornava momentaneamente inofensiva. O santo se maravilhava com o fato de que houvesse gente tão interessante como a que conhecera ali: o Vizir com sua calva e suas sapatilhas cor-de-rosa, um artista magro apelidado de Alfil, a quem se deviam as coloridas decorações das salas de recepção, El-Kazir, hábil falsificador que havia prestado serviços nas escriturações dos territórios anexados, muitos outros eternizando-se na convivência. Mas quiçá o Universo inteiro estivesse cheio de gente interessante, era preciso apenas colocá-las no contexto adequado. O grego Nicomedes costumava se reunir, quando refluía a clientela do escritório.

XI

O tema dos milagres, de volta ao nível metafórico, estava longe de se esgotar. Renovou-se quando penetraram, como era de esperar que o fizessem tratando-se de um papo entre homens, no tópico sempre espinhoso das mulheres. Nesse terreno as intervenções do sobrenatural estavam sobredeterminadas, porque era um verdadeiro milagre, nisso estavam todos de acordo, encontrar uma que não viesse com problemas. Não, nem uma. Caso se tratasse de uma só não seria tão difícil, já que sempre se podia fazer vista grossa a um defeitinho ou dois, para isso havia a bendita compensação de vícios e virtudes. Se tinha mau gênio, podia ter bons seios, se tinha a vagina dentada, podia bordar como uma fada. Sábia e magnânima, a Natureza não tinha desejado que tudo fosse ruim em uma delas, mas havia mostrado um toque de mesquinharia ao fazer com que em nenhuma delas tudo fosse bom. O problema começava com a multiplicidade. Muitas mulheres eram muitos problemas e ali não havia compensação que valesse, porque se anulavam umas às outras. Aludiam, claro está, à arraigada tradição poligâmica em que havia florescido a civilização suberitreia.

O santo, que não ouvia suas queixas pela primeira vez pelo mesmo motivo, perguntou se por acaso o harém tinha algo de obrigatório. A poligamia como instituição parecia ser eminentemente optativa e não via por que mantê-la se lhes dava tantas dores de cabeça.

Houve diferentes opiniões, ainda que todas terminassem por admitir que continuavam tendo muitas mulheres porque gostavam.

– O gosto ou o capricho – disse Abdul – escondem um vazio. Quase tudo na vida se faz porque sim, sem uma causa com que se possa justificá-lo diante de um estranho. Na realidade não é que faltem causas, elas antes sobram, essas pequenas causas entrecruzadas, motivos imotivados, dentro da trama dos fatos. Tudo se decide ali onde morrem as palavras. A causa amarga e imperiosa vem a posteriori, quando, como disse, se dá a necessidade de explicar-se diante de um estranho.

O santo não estava prestando muita atenção (o raciocínio abstrato não era para ele; tudo que cheirasse a filosofia lhe soava a papo furado), mas algo deve tê-lo tocado nesta repetida alusão ao "estranho" diante do qual era preciso se explicar. Embora fosse uma mera figura de linguagem, essas figuras tinham seres reais e viventes em sua pré-história. Dadas as circunstâncias, ele tinha motivos para se identificar com esse estranho, viajante sem rumo, alheio a todas as instituições humanas, mas que, no entanto, as atravessava, forçando nelas uma linguagem impossível.

Voltou quando a conversa deu uma guinada mais concreta. O "milagre", diziam, era que a poligamia funcionasse, quando suas próprias premissas tornavam-na impossível, ao menos nas condições em que tinham sido propostas. Abdul era taxativo em sua opinião:

– Quando os Sultões de Garabanha lançaram o programa Poligamia para Todos, não sabiam o que estavam fazendo. Foi um típico gesto irresponsável de demagogia: fazer-se aplaudir com uma declaração fulminante e deixar para depois, ou para outros, a implementação prática. A matemática mais elementar se opõe.

– Sim? Como é isso?

Apressaram-se todos a responder e, na realidade, a pergunta se respondia sozinha. Se em uma comunidade qualquer a quantidade de mulheres e homens era mais ou menos a mesma, era evidente que nem todos os homens poderiam ter muitas mulheres. Mesmo que cada um pretendesse ter somente duas, o que era uma modestíssima bigamia, o número de mulheres teria que ser o dobro do de homens. E um harém que se respeitasse tinha no mínimo dez.

Uma vez captado onde estava o problema, o santo se maravilhava do absurdo de semelhante medida de governo. Era como supor que estavam nas mãos de loucos. Disse algo nesse sentido, mas notou que uma onda de perturbação passava entre seus interlocutores. Abdul tomou a palavra em tom conciliador. Mesmo reconhecendo a irracionalidade central do assunto, havia alguns atenuantes.

Sim? Quais? Era difícil imaginá-los.

– Não é tão difícil se no lugar de vê-lo como uma situação fixada em um instante se considera em seu devir. As mulheres no harém dão à luz filhos e filhas. Os varões, sujeitos às prescrições do trabalho, o serviço militar e outras obrigações civis, não se casam até os trinta anos, enquanto que as meninas aos quinze já estão em condições de ingressarem em um harém. Essa defasagem etária é uma importante contribuição.

O Vizir sacudia a cabeça, muito longe de estar convencido (além disso, tinha ouvido esse argumento mil vezes): parecia-lhe que a contribuição não era tão importante. Interveio El-Kazir:

– Quem sabe. A matemática costuma trazer surpresas.

A intervenção do tempo aportava uma explicação também em outro sentido. As sociedades poligâmicas no continente haviam sido tradicionalmente sociedades guerreiras, com paixão pelo combate. A guerra era seu estado natural permanente e as baixas eram contadas no elemento masculino. Campanha após campanha, o estoque de homens diminuía enquanto que o de mulheres não sofria queda e o crescimento vegetativo aproximava-o, cada vez mais, do ansiado dez a um.

– Mas para isso são necessários verdadeiros massacres!

– Não os temos poupado, meu estimado amigo. A igualdade se edifica sobre o derramamento de sangue.

Nesse ponto se produzia um silêncio tenso, como se se aproximassem de um terreno minado. O santo tinha notado que, mesmo quando entre eles reinavam a confiança e a cordialidade, suas posturas políticas diferiam surdamente. Daí que evitassem certos temas, para preservar a paz. Nesta ocasião um dos oficiais arriscou um passo além, com prudência:

– A oposição critica sistematicamente qualquer medida e prognostica caos e catástrofes que não ocorrem. Foi o caso do programa Poligamia para Todos: irracional, absurdo, demagógico, irrealizável... Mas funcionou e os que se equivocaram ao profetizar seu fracasso não se desculparam.

Chegavam até aí. Mudaram de assunto. O curioso era que o Sultanato de Garabanha, cujas políticas suscitavam essas paixões, tinha sido extinto mil anos atrás, dois ou três séculos depois de lançar seu programa de inclusão poligâmica. No milênio de anarquia subsequente, a única novidade em matéria política havia sido a instituição da Paz Perpétua.

– Mas então...?

Não, definitivamente tinham mudado de assunto e não explicaram que consequências tinha o cessar das guerras para a poligamia. Ou o disseram com argumentos indiretos.

A Guerra enquanto tal, e também a Paz, dizia Abdul, eram fenômenos narrativos, a guerra porque era o que se fazia para contar, a paz porque era tudo o que se faria se não houvesse guerra, que era uma interrupção absorvente (um relato). Ambas tinham tido lugar em um tempo mítico.

– À diferença do camelo, o homem se sabe mortal e isso cria uma urgência a que só satisfaz o pensamento, que é a coisa mais rápida que existe. Daí nasce tanta imaginação que adorna e colore a vida, mas também nascem as paixões tristes que anunciam a morte, com o que se fecha o círculo.

O santo confirmava em sua pessoa a verdade destas palavras. Apesar da cordialidade dos intercâmbios no pequeno grupo, e das divertidas associações que derivavam do bate-papo, persistia (e se manifestava nas pausas) um sentimento de desgosto, de inutilidade. Era como se, acreditando caminhar por sendas floridas, na realidade estivessem escalando uma montanha de pura rocha hostil. Se por um momento as transparências da conversa tinham-lhes feito crer que a felicidade podia ser obtida gratuitamente, os fatos se encarregavam de desenganá-los. Tudo precisava ser feito passo a passo, palavra por palavra, banalidade por banalidade. A ilusão provinha da facilidade com que se podia mudar de tema. Sempre tinha que haver um tema, um assunto, em que entravam todos juntos cantando como um coro de periquitos, se envolviam nas membranas irisadas do tema e acreditavam estar na eternidade. Claro que também os aprisionava, porque ao entrar em um tema deixavam de fora todos os demais. Daí a urgência para mudá-lo.

Mas com outro dava no mesmo. E era inevitável, porque não se podia falar sem um tema. Era uma extorsão permanente. O que mais doía era pensar que se podia ter empregado o tempo em algo mais proveitoso.

Doía mais ainda saber que depois, quando houvesse transcorrido muito tempo, as conversas emitiriam um brilho comovedor, feito astros distantes no negro profundo da lembrança.

XII

A pergunta do milhão era: de onde Abdul tirava o dinheiro? Havia motivos para estar intrigado. Ele não falava no assunto e parecia a uma distância cósmica dessas preocupações materiais. Mas era de qualquer ponto de vista evidente que se necessitava de muita grana para manter a enorme colônia de zangões que formigava ao seu redor. O estabelecimento não se autoabastecia apesar de suas hortas, que tinham uma função estética mais do que prática. E as exigências dos militares, que passavam todo o santo dia fazendo proposições ao grego Nicomedes, deviam pesar bastante no orçamento. Ou o homem tinha um temperamento de aço, ou era um completo irresponsável, para manter esse permanente estado de relaxamento.

Mas só a inocência do santo, sua ignorância da psicologia nacional abissínia, podia fazê-lo crer que Abdul descesse todas as noites ao fundo de uma gruta e metesse as mãos em uma fonte cheia de moedas de ouro. As coisas eram manejadas em termos muito mais realistas. E de fato o santo tinha conseguido a explicação desde o começo, quando se conheceram diante do cata-vento. Teve apenas que reconstruir essa conversa, com ajuda de alguns truques básicos de mnemotecnia. Na realidade, Abdul não tinha nada para ocultar. Se algo se ocultava apesar dele, era pelo natural pudor de falar sobre si mesmo. Esse pudor tinha um componente culpado: ele se virava bem, dava um jeito, sobrava e, em comparação com tantos caçadores-coletores que tinham de fazer de tudo para conseguir um mínimo de alimento, o seu era um piquenique. Mas não queria se privar do gosto inveterado de falar mal do governo, de todos os governos que tinham levado a nação a supostas crises permanentes. Disso ele gostava, como todos os seus contemporâneos. Dizia que a palavra "Abissínia" vinha de "abismo" e ia em sua direção.

Abdul e o santo tinham se conhecido ao pé do velho cata-vento. Ninguém sabia quem havia construído esse artefato, quem havia sido seu inventor; seu mecanismo engenhoso indicava um estágio bastante avançado da técnica, e não se sabia da existência de um estágio assim na região, a não ser nas fábulas patrióticas. Não se sabia tampouco que função havia cumprido originalmente. Quem sabe tivesse sido uma espécie de instrumento musical em pé. Ao longo do tempo, quando os cultivos se diversificaram e atraíram a rapacidade de aves migratórias, foi adaptado como espantalho, tirando-lhe dos gabinetes de curiosidades onde havia dormido durante séculos. Causou sensação, não somente entre pássaros, mas entre eritreus de baixa condição. Viram-no alguns visitantes de passagem e fizeram o boca a boca. Logo acudiam em peregrinação famílias inteiras de beduínos a extasiar-se com seu sacolejo. Esses ruidinhos das bolas de madeira ao entrechocar-se, melodias que o acaso produzia, sem ser nada harmoniosas em si, porque eram secas e breves, as séries e os intervalos sempre diferentes os tornavam, pelo visto, muito divertidos. Provocavam uma pasmaceira total. Espantava os pássaros, mas atraía as pessoas, que pisoteavam os canteiros. Abdul teve de vedar a entrada, o que causou protestos e, como ele sempre queria estar bem com todo mundo, se viu em um dilema.

A solução que lhe ocorreu foi fazer réplicas de bolso do cata-vento, primeiro um protótipo, para ver se soava igual; se fosse o caso, pensou, podia conformar os visitantes vendendo-lhes um na entrada. Botou para trabalhar um artesão hábil, que conseguiu uma cópia muito convincente, de vinte centímetros. Nem sequer foi preciso adaptá-lo. O som das bolinhas, produzido no modelo grande pelo vento, aqui se conseguia com um movimento da mão (e mais tarde os beduínos descobririam que nem sequer isso era necessário, porque bastava o bamboleio do camelo).

Foi preciso buscar aprendizes para o artesão fazer mais, porque a demanda foi fulminante. Em pouco tempo o que começou sendo uma oficina em um canto se tornou uma fábrica, funcionando em cadeia e, no presente, uns duzentos operários entre cortadores, polidores, entalhadores e empacotadores levavam a produção adiante. Parecia uma dessas fábulas do sucesso, em que abundava a narrativa orientalista, das quais só se diferenciava pelo fato de que a magia havia sido substituída pela indústria, que definitivamente era uma forma apenas (não muito) mais verossímil de magia. Mas isso só poderiam acreditar os que não tinham sofrido na própria carne os infinitos problemas que a administração de um estabelecimento fabril comportava. Era preciso lidar, com efeito, com a falta de pontualidade dos trabalhadores, suas reclamações de horas livres para a comida ou a reza, ou os pedidos pelas condições de trabalho, as máscaras para se proteger do pó de azevinho, a ventilação dos locais; o descuido com que tratavam as ferramentas, as renúncias inopinadas sem aviso prévio, que deixavam de repente um buraco na cadeia de produção e a paralisavam. E os problemas causados pelo pessoal eram menores frente a outros, como a falta de insumos, a acumulação dos distribuidores tendente a criar uma falsa escassez e subir o preço, o regateio dos varejistas e seus atrasos nos pagamentos...

Não acabava nunca. Se funcionava apesar de tudo era porque a demanda se mantinha no nível do insaciável. A produção em escala permitia vendê-lo barato e o objeto em si contribuía desgastando-se logo com o uso. As batidas anulavam paulatinamente, e rápido, os alvéolos interiores da madeira de azevinho e, quando as bolinhas terminavam de se solidificar, perdiam a ressonância que fazia seu encanto e era preciso renovar o aparato. Era como comprar um sorvete: não é porque se compra num dia que não se pode comprar outro no dia seguinte; o consumo era um pouco mais lento, mas em essência era o mesmo. O tédio das caravanas se aplacava com essa espécie de chocalho falante, seu toc-toc ressoava nas noites estreladas do deserto e os camelos tinham se acostumado tanto a ouvi-lo que não andavam sem ele. Muita especulação inútil havia girado em torno do apelo desse brinquedo para adultos. Era certo que evocava uma língua desconhecida. Mas havia tantas línguas desconhecidas reais oferecendo a gratificação futura de que se podia aprender, que era intrigante o embelezamento que provocava uma que nunca se podia aprender. Mais pontual era outra razão: um povo geneticamente desprovido de ouvido musical havia encontrado enfim o instrumento que tocava sozinho.

Viviam disso. Da venda de uma estúpida matraca. Para o último descendente da linhagem dos guerreiros Malik, que tinham se ilustrado nas campanhas contra os seres primitivos à frente de exércitos inumeráveis, o comércio significava uma queda de prestígio. Mas Abdul suspeitava que o prestígio estava a ponto de mudar de casa e o mais propício para alojá-lo era o comércio. Aí estava o futuro, na produção, distribuição e venda de bens materiais. A guerra pela guerra mesma estava de saída. E uma vasta porção da humanidade que tinha vivido sempre dedicada às artes marciais corria o risco de cair no tédio e na depressão. Por que tinham feito a guerra com tanta assiduidade, quase maníaca? Por não encontrar sentido na vida. Ninguém o encontraria nunca, mas o porvir continha outros modos de ocupar o tempo e os militares seriam degradados ao desvão dos trastes velhos. Suas galas funcionariam como disfarces, seus engenheiros se dedicariam à indústria do entretenimento, as armas serviriam para decorar as paredes e aprender geometria. Mas o futuro, por definição, era preciso esperar, e ele não parecia ter pressa para chegar. O *status quo* era um osso duro de roer. Ele era um homem avançado, condição que lhe convinha dissimular. Tinha sido forçado a manter um pequeno exército privado para cumprir com as formalidades; eram uma carga inútil, mas despedi-los sairia mais caro do que seguir alimentando-os. O custo dessa farsa obrigava-o a produzir e vender sem pausa, extremando os recursos e renovando as estratégias de distribuição.

Não tinha muitas ilusões de mudança. Quanto mais progredisse a evolução histórica, mais se pareceria ao estado que deixava para trás. Assim como a guerra fazia um consumo intensivo de vidas humanas, a indústria o fazia de recursos naturais. Os bosques ancestrais de azevinhos no vale, que proviam a madeira para os brinquedos, haviam sido serrados. Foi preciso buscá-los mais longe, o que encarecia a operação. E outras madeiras, que haviam testado, não produziam o mesmo som. Replantar não era a solução, porque essa árvore demorava uma eternidade para crescer. No fundo de todos os problemas estava o pesadelo implícito no negócio: o controle de qualidade, quer dizer, colocar-se à mercê do juízo de seres tão intrinsecamente inferiores como o eram os consumidores. Abdul às vezes sentia saudades da guerra, em que não era preciso "lamber o rabo de ninguém", antes o contrário. Mas não se podia ir contra a evolução. E a evolução se dava em todas as ordens, incluída a mão de obra, que desde as eras ancestrais havia estado a cargo dos escravos. Isso também estava acabando. Abdul o tinha comprovado na própria carne, ao fazer contas e ver que os empregados remunerados eram mais convenientes do que os escravos. O salário que lhes pagava equivalia à quarta parte do que custava alimentá-los, vesti-los, alojá-los e dar-lhes atenção médica em qualidade de escravos. Assim deixava de tê-los sob sua responsabilidade, e com seus salários, que iam correndo gastar, ativavam o consumo. Não obstante estas razões, devia seguir comprando-os, embora não servissem para nada, porque a economia do país dependia em boa medida do comércio de escravos e ele precisava que o sistema se mantivesse em movimento para que comprassem a mercadoria que produzia. Um círculo vicioso, mas não valia a pena lamentar porque na economia tudo era círculo vicioso. O resultado era que se via carregado com uma dupla multidão ociosa de soldados e escravos, igualmente inúteis, tudo *pour la galerie*. Era o preço que devia pagar por ser um homem avançado.

Incidentalmente, isto explicava que tivesse comprado o velho santo. Abdul se resignava a adquirir sua cota social de escravos sabendo que eram um peso morto e aceitava às cegas qualquer coisa. De vez em quando, para se livrar de algum, inventava uma missão que o levasse longe, e rogava que fosse comido pelos leões e não voltasse.

XIII

No dia seguinte o santo se encontrava nas portas do Grande Oásis, refúgio de montanhas cujo tamanho reduzido não as habilitava para uma presença no descampado, origem de rios e viveiro essencial da África profunda. Os três dias em que estava no continente, desde que os piratas desembarcaram em suas costas, não o tinham preparado para o atomismo de verdes que se derramava tanto no grande como no pequeno. Havia percorrido muito caminho, sem ter se proposto realmente a isso, com o resultado de que começava a se sentir como uma substância dissolvida nas proximidades que se afastavam à sua passagem. As operações de química a que haviam se entregado os seus contemporâneos à procura de riquezas ilusórias tinham seu correlato nas variações de ânimo que o transportavam. Não podia acreditar que estivesse viajando por conta própria. As fileiras de plantas, na horizontal e na vertical, eram um festim de simetrias. Ficou paralisado de admiração diante do panorama, que tinha algo de desenho infantil pela distorção natural das perspectivas, que se dispersavam convidativas e silenciosas. O entrecruzamento de linhas e volumes, de luzes e sombras, formava para o olhar atento a figura de um homem adormecido. Parecia uma alegoria da insônia, mas sonhada.

O menino caminhava ao seu lado carregando as provisões. Ao cair da tarde, as cores se atenuavam. Quando anoiteceu, tinham adentrado tanto a avenida central que já deixavam para trás vários pequenos reinos, sinalizados com estátuas. Dormiram em uma torre abandonada e ao amanhecer saíram para reconhecimento.

Esta mudança de cenário teve sua origem no dia anterior ao pé do cata-vento de Abdul Malik. Não sem inquietação, o guerreiro havia notado a idade de seu novo escravo, e disse a si mesmo que era preciso mandá-lo para longe o quanto antes. Com efeito, se um escravo morria dentro do complexo sobrevinha um sem-fim de inconvenientes. A cerimônia fúnebre, a que não renunciava de modo algum por sua supertição pessoal, durava um dia inteiro em que se interrompia todo trabalho, e só ele sabia a perda que significava um dia de braços parados. Os ritos, que incluíam vinte e quatro horas de ensurdecedores tambores, tinham por objetivo cancelar as futuras visitas do fantasma do defunto.

Para impedir este estorvo, que a evidente proximidade do exemplar com o fim da vida lhe prometia em curto prazo, Abdul mandou-o percorrer os reinos interiores, com a suposta missão de avaliar mercados promissores. Embarcou-o com grandes recomendações em uma caravana que o faria atravessar os feios trechos arenosos. Deixaram-no nos outeiros que levavam ao Grande Oásis e daí seguiu a pé, sempre em companhia do menino, que tinha se revelado eficaz nos ofícios práticos de uma viagem. O terreno subia, a vegetação ganhava tintas azuladas e se ajardinava em pequenos platôs. As típicas acácias, carregadas de aves, balançavam no crepúsculo longínquo. Na realidade reinava o longínquo. Nele se desdobrava um panorama de pequenos reinos independentes, ciumentos de seus vizinhos mas necessitados uns dos outros pelo intercâmbio, pela complementação e pelas regras da boa vizinhança.

Os príncipes que ia visitar recomendado recebiam-no distraídos, quase dormindo. Deram-lhe a impressão de pouca inteligência, mas tudo indicava que não necessitavam de muita, nas sociedades simplificadas que presidiam. Suas pequenas cidades se localizavam nas margens de riachos cantantes, à sombra das palmas. As moradas pareciam obra de arquitetos extravagantes, mas não eram mais que equivocadas improvisações. As casas desdobravam suas partes pouco a pouco e nunca terminavam de se completar. As liturgias, pelo que pôde observar, eram descontraídas. Não se podia generalizar, porque cada corte era um orbe com suas leis próprias, sua língua e seu estilo. Não se deveria generalizar mesmo que não tivesse sido assim. Isso estava no abc do viajante: não acreditar que tudo o que se via era representativo; podia ser uma exceção única e irrepetível.

A mente tendia a generalizar, às vezes forçava seu portador a fazê-lo. Via uma gazela trepada no teto de uma casa e anotava em seu caderno virtual de impressões: "Nestas latitudes as gazelas passeiam nos tetos das casas." Se tivesse perguntado, teriam dito que era a primeira vez que sucedia tal coisa. Tampouco era questão de ir ao outro extremo e dizer que tudo era exceção e que todas as coisas tinham acontecido uma vez e nada mais. Ainda que talvez se estivesse aí mais perto da verdade.

O santo se perguntava, como corolário destas reflexões, se ele não tinha passado a vida cometendo esses erros gêmeos consigo mesmo, um dia acreditando que cada coisa representava os todos sucessivos do universo e, no seguinte, assombrando-se com a excepcionalidade única do musgo e dos liquens. A viagem, se é que no fim das contas isto que estava fazendo resultava ser uma viagem, dava-lhe a oportunidade para se desfazer dessa dialética nefasta. Por que não desfrutar destes pequenos mundos tais como eram? Bem podia esquecer da missão que o tinha levado ali, que era uma desculpa, e pousar um olhar hedônico sobre as paisagens e os homens. Que outros se ocupassem dos montantes de exportações e importações, a balança comercial e a conseguinte flutuação das moedas de câmbio. Ele nem sequer tinha por que saber que essas coisas existiam. Cruzava as fronteiras às vezes sem se dar conta. Também havia fronteiras imperceptíveis, enroscando-se nos tumultos vegetais e animais. A vegetação milionária se enchia de macacos de um momento para outro, sem aviso. Guinchos, uivos, advertências humorísticas acompanhavam as fases do Sol, que pareciam com as da Lua. Ao amanhecer vinham os cortejos de borboletas. Por caminhos semeados de bagas, em um burrinho emprestado, o santo ia ganhando velocidade paulatinamente. Sobre uma velocidade total de 84, começou com dois. Com os globos de temperatura moderada chegou a 66. Já começava a se sentir em casa, tanta era a capacidade de adaptação do ser humano quando não se obstinava em não se adaptar.

Apesar de ter ido tão longe, sentia que sempre estava perto, a um passo. Devia ser porque no longínquo era onde se amontoavam as contiguidades. Sucediam-se as selvas e savanas, intercaladas por montanhas, minúsculas, mas abruptas, e com os perímetros duplicados. Os elefantes bramiam, as leoas, sigilosas, como víboras, espreitavam, os macacos não lhes perdiam o passo. O primeiro Estado que visitou deu-lhe a ideia de todos os demais: suas eternas férias eram uma fachada, atrás da qual acontecia a batalha pelo autoabastecimento, incessante no tempo e no espaço. Cavavam a própria situação para tirar o maior proveito possível. Queriam chegar às mães do instante e do milímetro para extrair delas o segredo da expansão. O comércio com os vizinhos não atenuava seus problemas, nem sequer explorando as vantagens comparativas de seus respectivos recursos naturais. Estas vantagens cessavam na fronteira e ali as fronteiras proliferavam, se contraíam com afinco até colarem-se umas às outras. O santo, observando a uma certa distância estas soberanias de opereta, se entediava. Não levava a sério a realidade. Mas seguia adiante, porque tinham lhe dito que no coração do território havia Estados mais estáveis.

Aqui é preciso dizer que seu organismo havia resistido com galhardia ao sacolejo recente, frenético em comparação com a descansada rotina do monastério em que havia transcorrido sua existência anterior. Mesmo para outro que tivesse levado uma vida mais ativa, tantos traslados e sobressaltos teriam sido desgastantes. A ele não haviam afetado. Ao contrário, sentia que despertavam forças adormecidas, seus sentidos se aguçavam (via melhor, ele que sempre tinha se achado míope), ganhava confiança em si mesmo. Sua idade, afinal, não era tão avançada. Tinha sessenta e quatro anos e o pouco uso que havia feito das forças vitais, assim como das intelectuais, somado aos hábitos monásticos regulares, a alimentação sadia, as paixões controladas ao ponto da repressão, haviam preservado nele espessas veias de vigor.

Em vista desta renovação, perguntou-se não havia sido precipitada sua decisão de se aposentar. Não, não achava. Já tinha feito o suficiente. A quantidade de milagres que conseguira era grande. No momento de sua precipitada partida da Catalunha superavam os oitenta, em geral de pouco volume, milagres que não provocavam tremores de terra, mas uma pequena modificação a qual notavam somente os que estavam muito atentos. Ainda assim, exigiam de sua parte um grande gasto de energia de invenção, mais inclusive que os grandes milagres multitudinários, porque nestes bastavam ressurreições ou multiplicações convencionais, enquanto que os pequenos milagres de sua especialidade sempre deviam ter algo diferente, uma volta de parafuso nas leis naturais. Uma atividade assim não podia se prolongar indefinidamente, corria o risco de se tornar algo maníaco ou ridículo. Estava muito à mercê do público, que devia suspender momentaneamente a incredulidade para dar patente de recepção ao que fazia. A quantidade, embora em certo momento a houvesse cortejado, podia voltar-se contra ele. Os velhos santos clássicos das eras heroicas do cristianismo muitas vezes tinham construído seu prestígio (que nada mais era que sua santidade) com base em um único milagre. Ele acabara por desvalorizá-los.

Da distância em que os via lá na selva, sem entrar em detalhes e a partir do momento em que podia dar por encerrada esta etapa de sua vida, o conjunto de seus milagres lhe aparecia como um todo que o representava. Não lhe correspondia qualificar de um modo ou outro o todo e a representação conseguinte. Tampouco podia fazer uma avaliação do conjunto. Seguia-os vendo isolados, cada um ligado à circunstância em que tinha sido produzido. Mas postular uma visão alheia que visse neles o retrato de seu rosto e sua alma equivalia a postular que fossem lembrados e, assim, se alçava como um obstáculo o esquecimento e a ingratidão que eram a essência do humano. O máximo que podia pretender era que seus milagres, afundados no anonimato e na lenda, deixassem algum rastro nas línguas do mundo.

Para dar por terminada essa etapa tinha necessitado a profunda convulsão do assassinato, a fuga e a viagem forçada para comarcas estranhas. Antes, na decisão de se retirar pacificamente para seu povoado natal, não saía do sistema que o tinha feito um santo, ao contrário: certificava-o como tal. Agradecia pelo acidente. Se tinha acreditado que chegava a hora da morte fora por se basear, atarantado, nas médias de vida estatísticas da época. Esses catalães avarentos tinham lhe feito um favor sem querer: com o crime tiraram-no da média. A ideia da morte se afastava prodigiosamente ao colar-se, por um curioso paradoxo, à vida.

XIV

Os Estados estáveis não eram um mito, comprovou-o ao chegar a um deles. De tanto viajar, de tanto cruzar intermináveis corredores de espaço, entrar por uma porta invisível que não existia e sair por outra, não podia acontecer outra coisa além de chegar a algum lugar. Já estava na hora, porque depois da mudança incessante de trajeto o corpo e a mente clamavam pedindo que o diferente se tornasse o mesmo. O santo queria parar para recompilar impressões. Estava um pouco cansado de ser o receptor móvel de um mundo que tinha deitado raízes. Queria mudar os papéis. Também havia pensado que o menino devia ter um domicílio fixo para receber educação e uma alimentação regular, além de fazer amiguinhos e reunir essas coleções de objetos pequenos às quais as crianças eram tão afeitas. A vida nômade, em sua idade, se bem que podia lhe dar ensinamentos úteis para o ambiente selvagem de que provinha, não o formava nos saberes e modos de uma civilização que cedo ou tarde chegaria à selva. Em todo o trajeto, que havia sido bastante errático, a única figura que se delineava nas paisagens era a do santo, o único idêntico, deslocando-se como que por alucinação a um fundo mutante de sóis, chuvas, crepúsculos vermelhos e amanheceres dourados. O menino, invariavelmente ao seu lado, se repetia também, como um segundo santo em tamanho reduzido. Mas santo de verdade só havia um.

Um motivo mais concreto e urgente para precipitar a chegada era a ocupação do tempo. A viagem, como era previsível, estava preenchendo-o sem deixar resto, e quem sabe tivesse chegado o momento de desocupá-lo. Em uma vida inteiramente dedicada a se fazer notar, o santo sentia por vezes o desejo de passar despercebido, para o que necessitava desse espaço que se abria dentro do tempo. Era preciso deter o movimento.

Ou simplesmente se deteve porque gostou do que viu: um país próspero e de bom clima; que se excedia um pouco para o lado do calor, como não podia ser de outro modo no coração da África; a temperatura alentava a liberdade nos costumes e no vestuário, mas seus habitantes levavam com natural elegância o despojamento indumentário. A água, presente em cada curva da paisagem em rios e lagos, tornava funcionais estas nudezes, colocando seus portadores em disposição de um mergulho de passagem. As belezas orográficas se engalanavam com uma flora conspícua, intrincado habitat de pássaros e larvas. A hiena amarela e a formação rochosa desciam igualmente pelo muro montanhoso.

Acumuladas todas as suas características, dispostas como em uma vitrine para uma apreciação à primeira vista, se podia julgar o país pequeno, um desses Estados de brinquedo que às vezes políticas beligerantes das potências vizinhas inventavam com finalidade de equilíbrio ou tampão geoestratégico. Mas esta teria sido uma ilusão de ótica. Devia-se ao fato de que as perspectivas tinham se contraído. Nada era pequeno para uma medida humana segura de si mesma.

Duas cidades importantes disputavam a primazia e o prestígio, unidas por uma estrada em linha reta. A distância estava pontuada por aldeias de prazer nas margens das vias navegáveis. A prosperidade que tornava possível o ócio indicava trabalho e esforço, mas estes se dissimulavam em hábitos que pareciam ancestrais. Os rebanhos pastavam sozinhos, nos pés das montanhas as semeaduras em esplanadas recebiam chuvas espontâneas e as carícias fecundantes do Sol. Cegonhas, flamingos, andorinhas, patos decoravam os céus feito papel picado vivo.

Disseram-lhe que estava nos domínios da rainha Poliana. Não estranhou a referência ou por que nessas profundidades do mundo o matriarcado continuava vigente. O nome, Poliana, ficou ressoando em seus ouvidos e, com o passar do tempo, se tornou legendário, como uma hóstia múltipla que aderia a cada coisa dessa bela comarca.

A população com que entrou em contato lhe deu a impressão de ser, ao mesmo tempo, mais civilizada que a dos povos a si mesmo circundantes e mais selvagem. Explicou a dicotomia a si mesmo, dizendo que deviam ter superado certo grau de civilização até chegar a um nível em que podiam deixá-la de lado e ceder a suas inclinações naturais. Era um caso análogo à situação, mais comum do que se acreditava, de que por ter muito dinheiro podia-se permitir as austeridades dos pobres, ou de que por ser muito culto podia se permitir as felicidades da ignorância.

Mas fazia a ressalva de que não dava às suas especulações mais que uma seriedade relativa, ou, mais precisamente, uma seriedade lúdica. Não queria que o menino a quem dizia tudo isto lhe tomasse por um desses irresponsáveis que, depois de estarem umas horas em um país estrangeiro e dar uma olhada superficial, se acreditavam habilitados para filosofar sobre o caráter nacional.

O menino ouvia-o com a distração agradecida daquele que se sente acompanhado por uma voz amiga e se detinha aqui e ali para recolher uma pedrinha. O santo notara que as pedrinhas que pegava eram todas parecidas e lhe ocorreu a ideia poética de que eram aquelas que os fantasmas do tempo tinham deixado para marcar o caminho.

Enquanto isso, quase sem se dar conta, já estava ali. Vinham-lhe à consciência, isoladas e desfiadas, frases como "Parece um sonho estar enfim aqui", ou "Não posso acreditar que tenha chegado" e, ao mesmo tempo que ouvia o eco que deixavam em sua cabeça, se perguntava o que queriam dizer. Porque a priori esse lugar não havia sido uma meta ou um objetivo. No dia anterior nem sequer sabia que existia. Não era homem de acreditar em predestinações nem intuições do futuro. Sua profissão o havia condicionado aos dados objetivos do presente. Os milagres obedeciam a um rigoroso protocolo de provas, que não admitiam o irracional. Considerando isso, relacionou esta atmosfera de "chegada" que se respirava no país ao seu próprio cansaço e à determinação de gozar umas férias.

Mas ele nunca tinha gozado férias, que na Idade Média eram um flagrante anacronismo. Não obstante isso, elas haviam sido uma aspiração perene, sempre frustrada pelos fatos, o que era compreensível já que a existência mesma dos fatos anulava o feriado. Quem sabe tivesse chegado a hora. Ao pensar nisso, vacilou, no umbral (sem levar em conta que já o havia transposto fazia tempo): nos lugares que faziam dos sonhos realidade era fácil entrar, difícil sair. A entrada era franqueada pelo sonhador acordado com a promessa do desconhecido, de histórias que ainda não tinham lhe contado. Mas na hora se ativava um sistema de válvulas, que iam se fechando às suas costas à medida que ele passava. Era preciso avançar porque não existia outro caminho. No entanto, a "fuga para diante" não podia se manter indefinidamente. Tinha que haver um desenlace, as moléculas do movimento deviam se reunir para formar o corpo imóvel do sentido.

Embora o santo tivesse se acostumado a confiar em suas próprias forças e a não se iludir com a colaboração do próximo, e inculcava esse ensinamento no menino, sabia de qualquer modo que havia limites às forças individuais. Se quisesse, em algum momento, sair desse país delicioso, onde havia decidido que seus sonhos se fariam realidade, não seria tão fácil nem desprovido de perigos. Com efeito, ao entrar em um desses lugares, o homem se despojava das cautelas e defesas que o acompanhavam em sua vida cotidiana. Levados pela inextricável ambição da felicidade, descartavam tudo que aprendiam lá fora, onde tiveram que suprir os defeitos da realidade com truques e manhas. Penetrava nu, exposto, não havia outro modo de receber os dons; tampouco o acompanhava o temor, porque enfim vivia a plenitude de seu pensamento. Mas lá fora o resto do mundo continuava existindo, e o esperava, com paciência de animal, sabendo que quando voltasse daria os primeiros passos perfeitamente indefeso. Não teria tempo para se adaptar. A única solução era se fazer acompanhar por alguém poderoso ou, ao menos, com influência, que o protegesse. Um guarda-costas de confiança. Encontrá-lo seria a primeira tarefa, decidiu o santo, assim tirava o problema da cabeça e poderia desfrutar do que o encantamento lhe oferecesse. Com este propósito em mente, começou a frequentar as altas esferas (de outro modo teria seguido a tendência marcada por sua formação cristã e se dirigido aos humildes).

XV

Uma sombra caminhava pela cidade, misturando-se com as pessoas que iam e vinham e enchiam as ruas. Estas eram apenas corredores de linhas torcidas; se abriam em amplas praças onde camelos pastavam. A arquitetura artesanal promovia formas mutáveis, com o barro da construção refletindo a luz das estrelas. As noites eram claras, os astros se confundiam com os faroizinhos azuis dos muçulmanos. Surdas badaladas, ao longe, se mesclavam com os compassos dos alaúdes de uma corda só dos mendigos. Um murmúrio constante envolvia a multidão em movimento. Ninguém via a sombra antropomorfa, ou ninguém prestava atenção nela, ainda que o merecesse: faltavam-lhe uma perna e um braço. Mesmo assim, caminhava normalmente, esbelta, flexível, como se o que lhe faltasse a tornasse mais ágil e elegante. Vista de certo ângulo não parecia ter espessura. Quem tivesse se aproximado o suficiente para tocá-la poderia comprovar uma das duas situações: ou era intangível e a mão que queria agarrá-la passava para o outro lado, ou se recobria por um gramado suavíssimo cuja palpitação escurecia ainda mais o negro profundo de que era feito todo o seu corpo.

O santo a seguia a certa distância. Mesmo entre o misturado gentio que lotava as ruazinhas teria sido difícil perdê-la, porque era um vácuo, um verdadeiro buraco de humanidade. Havia participado de muitas partidas de sombras, ganhara algumas, perdera outras.

As noites claríssimas convidavam para sair e parecia que o mundo todo tinha aceitado o convite. O calor cedia a um frescor imenso. Por momentos caía uma neve algodoada, fenômeno nada inusual nas noites da selva. Os flocos aderiam à graminha da sombra e se tornavam incandescentes por um instante.

Perdeu-a ao chegar em um grande espaço aberto onde se celebrava uma feira ou mercado noturno, muito concorrido e com muita atividade. Grande quantidade de quiosques precários ofereciam os frutos da terra e da água, assim como do engenho humano. Este comércio, no entanto, parecia marginal ao centro do evento, que não era uma única coisa, mas ao menos quatro, em galpões erguidos nos lados opostos da praça, abertos na frente. Todos estes espetáculos eram muito concorridos por um público que se deslocava com displicência de um a outro sem esperar finais ou desenlaces que não deviam existir. O santo supôs que seriam de caráter religioso; a atmosfera reinante não condizia com o rigor dos rituais, mas supor que tenham uma intenção artística seria inadequado. Tampouco deviam ser muito importantes, já que o resto da cidade, que havia atravessado seguindo a sombra, continuava sua vida noturna normal. Mas atraíam o bastante para que se instalasse ao seu redor todo um comércio oportunista. E não só comércio: malabaristas e músicos contribuíam à algazarra geral. Debruçou-se em direção a um dos galpões, sem entrar, e viu um declamador sobre um tablado. Virou-se e olhou de longe o da frente: o público sentado no chão contemplava quadros vivos ou *trompe-l'oeils*. Ficou sem entender nada do que se tratava tudo aquilo. Não se esforçou para entender; isso teria sido um ato de arrogância, sendo um viajante que apenas horas antes havia entrado em contato com uma civilização alheia. A diferença entre culturas gerava uma grande humildade, uma culta ignorância que o eximia de qualquer esforço intelectual. Sua mente repousava num tumulto multiforme.

Sentiu vontade de tomar um refresco, para completar seu bem-estar. Em um armazém viu que vendiam bebidas de fruta muito tentadoras. Também o atraiu o detalhe de que esse local tinha um banco comprido onde sua clientela podia sentar e ele precisava descansar um tempo. De modo que foi até lá, comprou dois copos e se sentou. Enquanto degustava o néctar, passeava a vista pela gente que ia e vinha ou se juntava em grupos. À luz móvel dos faróis, de uma Lua superdimensionada que continuava suspensa em um zênite ambivalente, e das luzinhas brancas dos globos que consumiam o azeite de coco, os presentes luziam um modo de aparição que os favorecia. A beleza natural do humano excitava no santo uma sensibilidade que até esse momento ignorava que possuía. Tão absorto estava na contemplação que demorou um tempo em se dar conta de que havia alguém sentado junto a ele no banco. Olhou e viu que era uma bonita jovem que, por sua vez, o olhou com um sorriso tímido. Cumprimentou-a e se desculpou por sua distração. Havia se sentado sem verificar se o lugar estava ocupado, ou reservado para um acompanhante dela... Acentuando seu sorriso cortês, a mulher disse que não tinha do que se desculpar. Estava sozinha, não esperava ninguém e não a incomodava em absoluto.

Diante disso se abriu um suspense que convidava ao início de uma conversa. Ficou travado durante uns segundos. Convinha-lhe estabelecer contato com um nativo, para ir se aclimatando, mas não dominava a arte da conversa casual com desconhecidos. E, ao se tratar de uma mulher, jovem e bela, suas iniciativas podiam se prestar a uma interpretação duvidosa.

Olhando-a com verdadeira atenção pela primeira vez, não soube se a considerava tão atraente porque o era na realidade ou porque ele tinha se posto, ou as circunstâncias o tinham posto, em uma espécie de código de benevolência. O modo com que todos ao seu redor pareciam desfrutar da situação fazia-lhe pensar que havia caído no país da festa, como um paraíso infantil, e assim era fácil emitir juízos positivos sobre tudo e todos. Mas que personagem representava? Em um primeiro momento tomou-a por uma assistente do cantineiro, que tinha se sentado para descansar. Os seus traços finos e a riqueza de seu vestido claro bordado a ouro não teriam bastado para contradizer essa suposição. Em um mundo diferente, os pobres e os que exerciam tarefas de serviçais podiam ter o aspecto e a indumentária dos aristocratas. Mas não demorou em passar a outra hipótese mais provável: tinha se sentado ali por estar sozinha e não conhecer ninguém.

Saiu desse impasse perguntando-lhe que cerimônias estavam sendo realizadas ali. Respondeu que eram eventos celebrados periodicamente, o que não esclarecia muito. Não pretendeu aprofundar, porque suspeitava que seria difícil e na realidade não lhe interessava tanto. Informou a ela, em contrapartida, que era estrangeiro e que acabava de chegar. Todo o retorno que recebeu foi uma afirmação muda que talvez significasse que já o tinha suspeitado. Continuaram assim por um tempo. Ela se esforçava visivelmente para sustentar a conversa, como temendo que ele se entediasse, se levantasse e a deixasse plantada como a tinha encontrado. Ele, para dizer a verdade, não ajudava muito. Os modos desenvoltos que havia adquirido durante a viagem não ajudavam a cobrir a precariedade social, produto de uma longa vida inteira dedicada à solitária produção de milagres.

No fim, e não por outro motivo além do esgotamento de temas, perguntou como se chamava.

– Poliana.

– Ah sim? Igual à rainha?

A jovem, sempre com seu sorriso amedrontado, disse que era a rainha, o que o afundou em um mar de confusão.

– A rainha Poliana?

Com um sorriso que era um pedido de perdão, mas ao mesmo tempo reivindicando algo que era seu, quando todos lhe diziam que não tinha nada:

– Sim.

A primeira coisa que pensou, e era a primeira que se podia pensar, foi que estava na presença de uma desequilibrada com delírio de grandeza. Mas não teve outra saída senão descartar a possibilidade, em parte porque a moça não apresentava esse perfil patológico e em parte porque era uma explicação fácil demais, quase um insulto a sua inteligência. Por isso mesmo era preciso afastar a possibilidade de que estivesse querendo ludibriá-lo: não teria motivo algum para isso. Mais razoável era supor que "Poliana" era um nome comum no país e que a palavra "rainha" se usasse aqui em uma acepção diferente, ainda que derivada de "chefe de Estado". Por exemplo, podia se tratar de uma rainha de beleza, ou rainha da festa, ou algo no estilo.

Um homem podia chamar a sua amada de "minha rainha", o que era só em parte uma metáfora, porque se o amor fosse verdadeiro ele a venerava como sua soberana, ela "reinava" em seu coração. Enfim. Tratando-se de uma civilização da qual não sabia nada, podia ser qualquer coisa.

XVI

Ocorre, porém, que era a verdadeira rainha Poliana. Quando a conheceu melhor, coisa que não demorou a suceder, viu que não havia do que se surpreender. As condições em que exercia seu reinado explicavam de sobra seu aspecto desamparado tanto quanto sua ansiosa procura de companhia. E não eram apenas as condições objetivas históricas as que a colocavam nessa situação, mas, principalmente, as que emanavam de sua pessoa. Falhas invencíveis no caráter, que a coroa não podia consolidar, condenavam-na à inadequação. Mas o humilde anonimato com que se deslocava entre seus súditos era um acaso enganoso; a humildade era involuntária nela e resvalava pela superfície de uma alma em que se misturava de modo caótico com o medo, a desconfiança, o ressentimento, o complexo de inferioridade e as exigências éticas como desculpa para a inação. A chave deste quebra-cabeça ela mesma deu ao santo antes que ele começasse a procurá-la. Usava a confissão plenária como defesa antecipada e reserva de agressão. A chave era a mãe, com quem mantinha uma relação ambivalente. Devia ser uma espécie de monstro, mas não por isso se afastava das leis gerais das mães. Sem querer ou querendo, havia feito de tudo para desalentar em sua filha o desenvolvimento de uma vida adulta e independente. Não tinha sido difícil isolá-la em uma cápsula de estranhas desconfianças, já que as inclinações naturais de Poliana colaboravam para isso. Exigente e suscetível, a jovem rainha se afastava de um mundo em que só encontrava pela frente corrupção, privilégio, más intenções, inveja. A solidão constituía a opção lógica. Mas algo no fundo de seu coração, em que se alojava a inextinguível sede de amor, resistia. Nessa noite, disse, mesmo sabendo (ou justamente por sabê-lo) que havia celebrações e que toda a cidade estaria nas ruas enfeitadas, havia pensado em dormir. Estava por fazê-lo quando no último momento decidiu assistir. Uma vez ali, sua parte obscura voltou a tomar a dianteira e se sentou em um canto, na dúvida entre ir sem mais demora ou ficar um tempo a mais (para quê?, se perguntava). Foi então que o desconhecido veio a sentar ao seu lado.

Nessa noite o santo pôde saber tudo sem ter que fazer perguntas nem se mostrar muito interessado. Poliana era um livro aberto. Não cultivava o mistério. A mãe era a figura dominante em sua vida, não somente por sua influência formativa, mas pela presença econômica que continuava exercendo. "Dependo dela", foi a fórmula que a jovem usou. A coroa era transmitida por linhagem feminina; a mãe havia sido rainha antes dela e tinha abdicado em seu favor quando Poliana tinha apenas quatro anos. Não inovava, porque sua mãe havia feito exatamente o mesmo para ela. Poliana tinha vivido toda a sua vida como rainha, mas sem nenhum poder efetivo e, segundo ela, sem que ninguém o agradecesse. O poder era exercido pelos sacerdotes e generais e mesmo este era um poder nominal, pois o efetivo estava em mãos de poderosos comerciantes que eram os que tomavam as decisões que importavam de modo definitivo. À primeira vista soava estranho que nesse país edênico de primogênitos da Natureza prevalecessem os interesses econômicos, mas eram estes interesses, ferreamente dirigidos por um grupo pragmático, os que asseguravam a prosperidade em que crescia o edênico.

Poliana se paralisava pela incapacidade para a ação, talvez inata, talvez fabricada para se assegurar de que não teria de trabalhar. Como a uma rainha não se davam ordens nem se impunham tarefas, ninguém tinha se incomodado em corrigir sua indolência e ela havia confundido a autossuperação com a autocomplacência. Tinha se deixado levar, cedendo a uma falta de vontade e, chegada a idade que tinha quando conheceu o santo, trinta e dois anos, começava a temer por seu futuro. A mãe, imensamente rica graças às sábias aplicações que fizera, mantinha a filha com generosidade. Não lhe negava coisa alguma, sempre havia sido assim, com a consequência de que Poliana não havia feito nada para marcar uma posição. E se dava a infeliz circunstância de que não herdaria: a mãe havia feito fortuna assegurando suas propriedades aos generais e os bens reverteriam para eles quando morresse. O horizonte de sua filha era sombrio. Ser rainha não ajudava no plano econômico, ao contrário, inibia-a de tirar proveito dos bens intangíveis da coroa. Outras rainhas antes dela, e sua mãe era um bom exemplo, haviam sabido tirar partido desta situação, fechando os olhos diante dos negócios dos provedores do Estado, e ganhando para fazê-lo. Ela havia preferido ser incorruptível, mais por comodidade do que por genuína convicção, e via com um terror não dissimulado a perspectiva da falta de mãe e da invalidez. (Não era uma especulação abstrata, já que a saúde da velha ex-rainha era precária. O santo a conheceu, na única vez em que Poliana o levou para vê-la; era uma mulher assaz formidável, mas visivelmente consumida pela morte.)

Na família real, os homens cumpriam uma função marginal, bastante cômoda. O pai de Poliana tinha sido casado com a mãe com o único propósito de engendrar nesta uma filha mulher que herdasse o cetro. Os dois primeiros sucessores foram homens. Quando o terceiro nasceu mulher, a utilidade do marido acabou e se consumou o divórcio. Para ele foi pura vantagem, porque em razão do serviço prestado a corporação comercial dava-lhe um sustento pela vida inteira, extensivo a seus filhos varões (que podiam ser considerados acidentes de trabalho). O pai e o filho mais velho tinham se conformado placidamente com esta situação e levavam uma vida de ócio. O segundo, entretanto, tinha tomado o caminho do trabalho, por inclinação pessoal ou ambição, e chegou a ser um dos homens mais ricos do país.

Um detalhe neste relato deixou o santo intrigado: a comunidade não havia feito, ou não faria, de Poliana objeto de um matrimônio que assegurasse a sucessão, como tinham feito com sua mãe? Não, não seria assim, porque nos anos transcorridos de uma geração à seguinte esse costume bárbaro havia caído em desuso. Bastaram umas poucas décadas para que fosse visto como uma relíquia ancestral de épocas remotas e rituais supersticiosos. Ela, por sua vez, estava decidida a não ter filhos, não sentia a menor atração pela maternidade e seus instintos relacionados. Quando morresse, o país já teria encontrado um sistema de governo mais civilizado.

Parecia pouco natural ao santo essa postura, embora ele ao se tornar monge também tivesse desistido do matrimônio e dos filhos. Mas Poliana, jovem, bela e livre, estava renunciando sem motivo às realizações e felicidades próprias de seu sexo. Sem se arriscar a uma análise psicológica que teria sido prematura dada a meia hora escassa que tinha passado desde que a conhecera, supôs que seu coração tivesse se fechado pelo exemplo de seus pais, casados por razões de Estado, sem amor. Ela também havia feito o caminho da barbárie à civilização, trajeto que havia sido sua vida e que fez de sua alma um deserto.

Deixando o banco onde estiveram sentados, e dando as costas ao burburinho da feira e ao movimento das ruas adjacentes, introduziram-se na escuridão afastando as trepadeiras penduradas feito cortinas. Ela o conduzia, com o instinto certo de uma prolongada familiaridade. Seu conhecimento dos becos mais íntimos da cidade desmentia seu egocentrismo e seus proclamados desdéns pelo mundo e a sociedade que a rodeavam. Já teriam tempo para desentranhar essas contradições.

Saíram para uma área de um agreste noturno, vazia de gente. No silêncio, troavam insetos e pássaros desvelados. Um rio estreito corria aos seus pés na escuridão. Os perfis das montanhas se delineavam sobre um fundo estrelado. De lugares distantes, aqui e ali, elevavam-se colunas de fumaça que a Lua polvilhava de branco nas bordas tremeluzentes. O santo estava extasiado diante desta paisagem de sombras; havia esquecido da mulher que tinha ao seu lado. Lembrou-se quando ela lhe pediu que a seguisse por um caminho que serpenteava seguindo a margem do rio. Cruzaram por uma ponte em arco e um pouco mais além, entre arbustos que exalavam umidade e cheiro de anis, havia uma construção sem paredes. Uns homens jogavam dados no escuro; Poliana cumprimentou-os e falou umas palavras com eles. Parecia conhecer todo mundo, o que se diria que estava nas suas funções de rainha, mas, como depois o santo comprovou, era fruto de uma simpatia social da qual não sabia tirar proveito. Esta capacidade derivava da eterna busca de amor, sempre frustrada, a ingênua convicção de que a oportunidade podia estar em qualquer parte, em qualquer momento, e a menor distração podia fazê-la perder. Era o motivo pelo qual havia assistido à feira nessa noite. Sentaram, trouxeram algo para beber e puderam conversar sem tanto ruído ao redor.

XVII

Não era o único lugar pitoresco e oculto que conhecia: conhecia todos. Por alguns comentários casuais que fez, o santo deduziu que tivesse estado ali quando menina com seus irmãos, ou com algum namoradinho, com funcionários de governo em alguma tediosa cerimônia, em escapadas solitárias. Apesar de sua juventude, havia tido uma experiência muito variada, mas de algum modo a neutralizava na melancolia. O conhecimento que mostrava dos cantos escondidos de seu pequeno reino provinha de algo mais do que a experiência. Ou então era uma experiência criativa, como se sua presença abrisse o espaço em formas de beleza. O tempo também parecia se abrir em botões de flores imprevisíveis quando ela chegava. Sempre tinha tempo para ele, todo o tempo do mundo, e continuou tendo mesmo quando o tempo se tornou o protagonista da relação.

O santo não perguntava diretamente se não tinha nada para fazer. Ficava com a intriga, que não era pouca. Sua ideia de um chefe de Estado ou cabeça coroada não coincidia em nada com esta jovem desocupada, sempre disponível para passeios ou piqueniques ou para passar horas papeando.

Onde quer que ela fosse (e aí devia estar o segredo da precisão de sua onipresença), uma claridade a iluminava; podia provir da Lua ou do Sol, fosse de noite ou de dia. Fazia-a ressaltar, sem necessidade de ser uma luz muito intensa. Era uma luz que parecia mais a sombra do que a luz, mas a envolvia, a ela e somente a ela, a seus contornos e seus movimentos. O santo começou a observá-la com atenção; não podia fazer diferente, por esses recortes da iluminação. Também era uma iluminação de tempo. Era como se Poliana tivesse uma técnica especial que a fizesse coincidir sempre consigo mesma. O santo pensava com assombro na rapidez com que se criavam rotinas, pequenas tradições secretas, entre duas pessoas que se faziam companhia. Havia os lugares favoritos que compartilhavam e os momentos favoritos aos quais voltavam.

Beijaram-se, nas sombras desse mundo encantado. O beijo ocultava-os de todo o mundo, ou seria porque ninguém no mundo se importava? Poliana tinha dito que, mesmo quando havia renunciado a formar uma família, não havia se privado de experimentar a paixão, a maioria das vezes com estrangeiros de passagem. Seus súditos, dizia, ainda que capazes de brindá-la com toda a satisfação sexual que solicitasse, eram seres grosseiros, primitivos, dos quais não se podia esperar nada depois do último estertor do orgasmo. O santo, pelo pouco que havia visto do país, tinha tido a impressão contrária, de seres refinados e de uma particular delicadeza no trato. Mas não quis discutir: já estava aprendendo que Poliana era dessas pessoas que se aferram de uma vez por todas a suas opiniões.

Contudo, suspeitava que a entrega era a mesma, com um e com outro tipo de homens. Não podia ser de outro modo: havia uma só entrega no mundo. Não era uma mulher a mais que se entregava: era a rainha. O desvelamento de seu corpo abria as portas secretas da Natureza, de seus vales e montanhas e das fórmulas com as quais podia continuar fazendo vales e montanhas. Mas também era uma mulher, talvez como todas as demais. Tinham sido muito poucos os homens que chegaram a gozar de seus indubitáveis encantos. Dizia que o sexo chegara tarde, por desconfiança em relação aos homens. Durante os anos de sua adolescência persistia o estado arcaico de coisas, que tinha feito sua mãe casar com um homem que não amava, com meros fins de reprodução. Ainda que então já se multiplicassem as críticas que previam a caducidade dessas sobrevivências primitivas, seguiam formalmente vigentes, e não podia esquecer que ela havia saído daí. Como em todos os processos de mudança cultural, a atmosfera da sociedade estava envenenada por relatos contrários. Nunca pôde explicar-se quanto à importância de perder a virgindade. Era como se o tivesse feito em sonhos.

Para terminar de encher a arca de seus medos, houve a tradição do incesto ritual na família do trono. Supunha-se que desse modo o pai ganhava seu prêmio por ter procriado e só então desaparecia da cena. A mãe de Poliana havia sido vítima deste costume, quando já caía em desuso. Os bem-pensantes do país começavam a vê-lo com maus olhos. Mas os conservadores resistiam, com o argumento de que a dissolução dos vínculos poderia esvaziar de sentido a instituição da família. Dizia-se que o pai incestuoso não tinha alternativas, se não queria cometer atos contra a natureza com um filho homem. De fato, a filha era a única filha mulher. Podiam nascer dez varões do casal real, mas nem bem nascia uma menina cessava a procriação. A rainha nunca tinha irmãs. Não eram argumentos muito consistentes, mas não havia outros.

A relação de Poliana com o sexo oposto era perturbada por estas histórias. Tinha sido atingido por um momento de mudança, ao que seus súditos se acomodavam com naturalidade, enquanto ela, pelo peso simbólico que sua pessoa transportava, tinha ficado no meio do caminho. O santo, julgando pelo relato do sistema sucessório, acreditou que ela havia cortado toda relação com seu pai e seus irmãos. Acreditava nisso mais ainda quando a ouviu qualificá-los como seres vulgares, interessados somente no tiro ao alvo, na matança de animais e em um ócio improdutivo em geral. Desaprovava o exercício físico violento, e quase todo exercício físico, e sua desaprovação do ócio não condizia com sua notória indolência. Eram o tipo de homens, dizia, que não tinha nenhum problema em viver sem amor. Certamente porque suas mentes estreitas não chegavam sequer a imaginar o que seria. Um sentimento um tanto sutil que sempre estaria fora do alcance de suas mãos grandes e calosas. Não podia esperar nada deles.

Mas podia sim, ao que parece, porque, como lhe disse pouco depois, havia estendido alguns cabos nessa direção, sempre pensando no possível desaparecimento da mãe. Fazia um seguro (bastante duvidoso) de proteção, sobretudo em vista do segundo irmão, o que tinha feito fortuna. Dizia necessitar de muito pouco para viver e os poderes fiduciários de seu irmão eram imensos. Não desconhecia completamente a matemática. E suas pequenas manobras, que o santo antecipava serem ineficazes, estavam todas à vista. Se estavam para ele, um recém-chegado, estariam muitos mais para esses sujeitos, que deviam ver debaixo d'água. Quase chegava a lamentar que Poliana fosse tão transparente, porque não lhe dava chance de exercitar sua perspicácia psicológica: ela adiantava as respostas antes que ele começasse a esboçar a pergunta.

Explicou-se assim por que ela não quis que conhecesse o pai e que arriscasse o ridículo para evitá-lo. Aconteceu um dia que passeavam pela parte mais povoada da cidade. Era a hora da tarde, depois da chuva, em que todo o mundo havia saído. Devia estar muito atenta porque divisou entre a volumosa multidão o seu pai, que estava sentado em um banco na rua conversando com um homem de sua idade. No ato, mandou-o dobrar a rua e tomar um caminho alternativo para não cruzar com ele e para que não a visse. Foi tremendamente incômodo. Andavam em um cortejo muito numeroso e tratar de negociar essas ruazinhas laterais entupidas com os elefantes e palanquins, as liteiras das donzelas e a tropa da guarda real causou engarrafamentos, esperas, gritos de indignação e uma prolongada demora. O pior foi que, na volta, o pai continuava sentado no mesmo lugar, conversando com outro homem, e aconteceu a mesma coisa.

Quem sabe não fosse na direção deles só por causa do interesse, mas em busca de uma reminiscência arqueológica do passado, e isso explicaria a relação ambivalente. Dizia tudo isto com um sorriso, sem drama, como uma criança se culpando por ter quebrado um brinquedo.

XVIII

A rainha se dizia experiente na paixão, em cujos fogos tinha se queimado muitas vezes; mas o que sentia por ele ia mais além: era amor. A paixão mesma se fundia, no fogo de uma calma celestial, ganhando formas novas que apenas começava a reconhecer. Punha nele a imensa tristeza do mundo, o tesouro que viera guardando, como se o esperasse, como se soubesse que ia chegar em sua vida. Chorava ao dizê-lo e as lágrimas banhavam o peito do santo como a água do êxtase. Ele era desses homens que não concebiam o sexo sem amor e, neste caso, ambos se entregaram ao mesmo tempo, em uma coincidência que provinha do ambiente e das razões da aventura. A vagina de Poliana era tanto parte do sexo quanto do amor, isso o santo sentia em todo o corpo quando a penetrava. Era um canal estreito, como se tivesse sofrido muito poucas intrusões e furtivas, sem uma verdadeira consciência do volume. Mas se abria ao seu embate como o teria feito uma flor nos estágios sucessivos de seu desenvolvimento, pétala após pétala, com orvalhos rotativos. Nos braços do santo a elegância delgada da jovem revelava uma espessura de deliciosas superfícies. Poderia passar a vida renovando as carícias. Sempre havia uma escuridão amiga para eles, sombras e luzes que se alternavam nas voltas e revoltas insaciáveis. Beijos profundos, impetrações do tempo, jogos sem fim: havia um momento, que não tinha nome, mas era o contrário da interrupção, em que a entrega voltava sobre si mesma e evoluía.

O membro viril do santo foi objeto de uma contradição que causou, para ele mesmo, não pouca intriga. Depois das grandes ereções, às vezes vermelhas e furiosas, voltava ao seu estado normal. Ao menos ele achava que era assim. Mas Poliana, montando nele com risadas e rubores, exclamava: Nunca vai descansar, esta vara do diabo?! E agia como se a ereção persistisse, coisa que no embrulho dos corpos era impossível de comprovar, mas, a julgar pelo que estava acontecendo, era verdade. O santo sabia que nas questões antes sutis da relação sexual era difícil decidir, pelo choque de interpretações ou pelas diferentes acepções das palavras empregadas. Mas uma ereção era o que menos se prestava ao ilusionismo. Era ou não era, e a intensa materialidade que era sua essência não brincava às escondidas.

Em mais uma contradição dessa alma feita toda de intensidades, Poliana mostrava menos interesse do que ele no sexo. Quando, depois de um passeio ou uma refeição, ficavam a sós e se deitavam, e ele a abraçava, colando-se ao seu corpo para que sentisse às claras qual era sua disposição, ela, sonolenta e surpresa, perguntava o que estava fazendo.

Não era evidente? Sim, era. Mas o afastava, outra vez assustada pelo fato de que ele fosse tão inoportuno, tão intempestivo. Havia um tempo para cada coisa, turnos vitais a respeitar. Ele não entendia. Ela dormia placidamente sem mais explicações. Não havia nada a explicar, justamente quando ela estava explicando-se todo o tempo. Seu corpo levado pelo sono era uma conformação tão rica em sentidos que o santo nunca chegava a decifrar todos.

Na realidade nunca ficavam totalmente sozinhos. Havia uma multidão de escravos, assistentes, guardas de segurança, perambulando ao redor, dia e noite. A rainha estava acostumada, porque sempre tinha vivido assim, mas ele no princípio se sentia um tanto incomodado; depois começou a ver essa população como um complemento dos prazeres que sua amante lhe entregava. Sobretudo porque nesse clima cálido predominava a falta de roupa e todos pareciam jovens e bem formados. A arquitetura do pavilhão onde tinham feito seu ninho de amor contribuía às visões que pareciam provir de sonhos da Antiguidade, ou voltar a eles. Era uma estrutura em que o exterior se fundia com o interior, não só pelas aberturas e galerias descobertas, mas porque, quanto mais se penetrava, em suas divisões e rodeios, mais se saía dela. Os ruídos da selva modulavam-se em gamas de silêncio, criando uma nova forma de intimidade.

O desvelamento de Poliana se revestia de um pudor transcendental. O santo amava contemplá-la nesse estado e ela o agradava como a uma criança. Fez algum comentário sobre sua rara perfeição. Estava consciente dela? Contou-lhe que o tinha sabido uma vez, muito jovem, em uma cerimônia em que devia representar a si mesma. Mas, muito em seu estilo pessimista, dizia que a beleza não duraria: a idade não perdoava, os peitos cairiam, os quadris ficariam pesados, os pés se tornariam pretos. Mais razão, dizia ele, para aproveitar o presente fugidio. Logo estava vendo-a exclusivamente em termos de amor; identificava o amor com o que estava acontecendo. Esbelta, engraçada, era rodeada por uma aura de promessas sem fim, desmentindo o futuro. E quando se recostava, convidando-o, e deixava que ele separasse suas pernas para que aparecesse o triângulo de penugem quase transparente sobre a abertura rosada, a moçoila se transformava em mulher, em mãe, capaz de se passar por dona do santo e de todos os homens que se reuniam nele.

Disse-lhe que havia um monte de cujo cume, apoiado sobre as nuvens orientais, se podia ver todo o reino, em toda a sua extensão e em todos os seus detalhes. Pareceu-lhe um exagero, e assim o disse. Sobretudo quando ela acrescentou que era um passeio favorito de seus súditos, que subiam pelas tardes para ver o pôr do sol. Não duvidava que se veria uma paisagem extensa, que promoveria esse tipo de exaltação de baixo custo de toda vista do alto, abarcadora e de domínio imaginário. Mas daí a afirmar que se via todo o reino havia uma diferença. Embora fosse um país pequeno e íntimo, seus rios e montanhas, suas aldeias e cidades e fortificações, os vales, e os desertos, não podiam ser algo que se abarcasse de um único ponto de vista. Não havia pontos assim, a geometria mais elementar negava essa possibilidade. Ela insistiu no que havia afirmado e prometeu levá-lo nessa mesma tarde.

– Mas é uma excursão de vários dias? Dormiremos lá?

– Não. Subimos e descemos.

Sacudiu a cabeça com ceticismo. Se era como ir buscar água e voltar, a vista de modo algum podia ser tão grandiosa. Confirmou-se a ideia pela hora displicente em que saíram, quando o Sol já se punha, com o habitual cortejo de pessoal, animais e aves enjauladas. Para surpresa do santo, o monte estava a poucos passos do pavilhão; saíram por uma porta traseira do parque, que dava em uma avenida muito movimentada, e ali mesmo se iniciava a subida, por um caminho de curvas fechadas e enladeiradas; os carregadores deviam estar acostumados porque o faziam a galope e antecipando sem errar cada volta com uma mudança de respiração. Em alguns minutos desembocavam no cume, que estava muito concorrido. Havia fontes de refrescos, famílias lanchando e esses desocupados que dormiam sestas em qualquer lugar e que constituíam um traço indefectível da cor local.

A rainha pegou a sua mão e o levou até a borda. Havia uma ampla superfície ligeiramente inclinada, recoberta por uma esteira, que terminava no vazio, disposta para que os visitantes se sentassem. Avançaram um pouco e pararam. O santo abriu a boca e submergiu na contemplação. Já antes de terminar de absorver o que via, soube que Poliana não tinha se enganado nem tinha exagerado. O reino inteiro estava ali aos seus pés, como um diorama feito de distâncias e perspectivas. Não era o que ela tinha dito? Que presunção a sua, de não ter acreditado. Havia se precipitado com uma lógica de mercador, de calculista mesquinho. Ela era o tesouro de seu reino e a ele não custava nada acreditar em tudo o que dissesse. Assim o seu cérebro poderia enfim descansar.

Nesse momento começava a procissão púrpura no céu.

XIX

Tratou de afastar certos pensamentos de sua mente. O amor dava muito o que pensar, lamentavelmente. Ele "não concebia o sexo sem amor". Tinha-o apregoado e havia sido aplaudido como um modelo de homem, exemplo para tantos cínicos e oportunistas. Mas bastava pensar um momento na frase para reparar que ela implicava uma massiva desvalorização do amor, ao torná-lo um acessório do sexo; com efeito, segundo a declaração este podia ser "sem" amor ou "com" amor, mas em ambos os casos o sexo continuava sendo o substancial, e o amor um adorno bem-intencionado que podia estar ou não estar. E não importava que fosse um acessório imprescindível para o homem de bem: ainda assim era um acessório.

Mas não eram jogos de palavras? Para que pensar nisso? Não bastava o que havia fora de sua cabeça e se oferecia como uma cornucópia? O tesouro do mundo, a riqueza inesgotável, estava se entregando aí fora. Mas se oferecia justamente para ser processado dentro da cabeça e produzir felicidade. E esse processamento era preciso fazer mediante o pensamento.

Talvez fosse preciso ir mais fundo e questionar o imperativo que mandava o homem ser feliz. Se fosse bem-feito e, com método, podia fazia tremer toda a construção da realidade, e então... Mas já estava pensando de novo.

A rainha Poliana, excetuando os momentos em que era obrigada a presidir cerimônias e conclaves, dedicava-lhe todo o seu tempo. Levou-o a conhecer os lugares mais pitorescos de seu pequeno domínio. Mil rainhas antes dela haviam acumulado o tesouro que enchia a caixa de brinquedos. E o preservavam com todo tipo de recursos engenhosos. Tinham idealizado, por exemplo, um método para prevenir catástrofes. Em uma montanha equidistante entre as duas cidades principais havia um pavoroso incêndio que devorava o bosque e ameaçava as aldeias vizinhas. Levou-o para ver. Tinham-no acendido na crença de que, havendo um incêndio de semelhantes proporções em um ponto do reino, seria estatisticamente improvável que outro estourasse em outro ponto. Para que não fosse um mero simulacro, que não teria enganado a estatística, havia debandadas de animais fugindo apavorados do fogo e aldeões desesperados tratando de salvar seus pertences, além das brigadas de voluntários fazendo um patético e infrutífero esforço para apagá-lo. O espetáculo era imponente, as chamas lançavam línguas vermelhas que espantavam as nuvens, a fumaça girava em torvelinhos negros que dançavam como fantasmas colossais.

O mesmo tinham feito com o outro flagelo natural do país: as inundações. Em um cruzamento de rios, não longe do incêndio, tinham buscado, mediante represas ocultas, uma enxurrada, alta e destrutiva, que, se em alguns setores era uma visão de angústia pelos habitantes ribeirinhos que haviam perdido tudo ou tinham ficado isolados nos tetos e deviam ser socorridos em canoas, em outros criava uma paisagem lacustre de certo encanto triste, com patos, nenúfares e árvores que apodreciam lentamente com a água até a metade do tronco.

Mais curioso do que estas invenções fáceis e de utilidade duvidosa era um fenômeno que Poliana o levou a conhecer. Chamava-se o Buraco no Mundo e respondia a este nome, ou antes, como terminou pensando o santo, não era mais do que apenas o nome. Estava perto da capital (mas tudo estava perto). No caminho a rainha contou a história, que remontava às eras longínquas das Rainhas Mangustas. Uns camponeses tinham começado a cavar uma cova para um morto da família. Lá pelo meio do trabalho pararam espantados: deram-se conta de que não estavam fazendo um mero furo na terra, como acreditavam, mas que estavam abrindo um buraco no mundo. Se continuassem, poderiam criar um vazio que atravessasse de modo irreversível tudo o que conheciam e amavam; e não era que conhecessem nem amassem tanto, pobres camponeses rudes e presos ancestralmente ao seu mesquinho torrão e sujeitos à penosa rotina da sobrevivência. Mas o amor e o respeito ao mundo eram mais fortes do que as circunstâncias sociais e culturais. De tal modo que, no ato, interromperam a tarefa e saíram correndo.

– Então o Buraco no Mundo não se consumou?

– Ficou em esboço, por sorte, mas nem por isso é menos eloquente sobre a fragilidade a que se submete tudo o que conhecemos.

– Um buraco não faria muito estrago.

– Se perderia a perfeição e a perfeição é tudo para a realidade.

Para o santo, uma curiosidade tinha ficado em suspenso.

– Você disse que houve uma era de rainhas alimárias?

Eram ciclos, disse, provavelmente casuais, ainda que a crença popular e a tradição tivessem dado ressonância cósmica a eles. E talvez houvesse algo de verdadeiro nisso, a julgar pela pontualidade com que se sucediam as fases: eram cem gerações de rainhas peludas que ladravam, e cem das outras.

– Não preciso perguntar em que momento do ciclo estamos agora – disse o santo, e sua galanteria resultou em risadas e beijos e fez com que a rainha, depois de fechadas as cortininhas do baldaquim, lhe acariciasse o membro através da roupa e ele, explorando por sua vez a zona correspondente dela, dissesse que podiam voltar porque já havia encontrado o único Buraco do Mundo que lhe interessava. Assim continuaram entre piadas e carícias. Contribuía para esquentarem o sangue o balanço que o trote regular dos condutores produzia.

O famoso Buraco acabou sendo um anticlímax e, não fosse pelas brincadeiras da viagem, não teria valido a pena ir vê-lo. Era, como sua história contava, uma cova parcialmente cavada, com a terra amontoada de um lado em um montículo sobre o qual tinha crescido uma erva esbranquiçada, fungos e aranhas na cova, e as pás de osso usadas para cavar jaziam onde as tinham atirado aqueles camponeses pré-históricos, carcomidas pelos liquens.

Assim transcorriam esses dias de idílio. Passeios que consumiam manhãs e tardes, noites em que o tempo seguia o curso dos planetas errantes em um firmamento de cristal negro, uma felicidade que alçava voo trazendo consigo a inevitável melancolia. O santo se perguntava, calando a pergunta até para ele mesmo, se isso era a vida. E só podia responder que não. Não havia outro modo de viver uma história de amor do que em forma de uma interrupção dos trabalhos e sobressaltos da existência. Não era possível pô-la na série das causas e dos efeitos naturais e, enquanto uma interrupção, sempre estaria ameaçada pela temática em curso. Perguntava-se também se com outra mulher teria sido a mesma coisa. Poliana era bela e voluptuosa, mas ele não era tão míope ou distraído (ainda que talvez o tivesse sido em outra época de sua vida) para não saber que havia muitas, muitíssimas outras jovens tão ou mais belas, e dispostas a satisfazer todos os seus caprichos copulativos. Era fato também que ela era uma rainha, e isso não era tão comum. No entanto, qualquer outra mulher infalivelmente seria algo, e aí sua condição, enquanto particularidade, equivaleria a qualquer outra, rainha, mendiga, cantora ou tecelã. Mas havia uma poesia implícita nessa coincidência de homem qualquer (santo, criminoso, lavrador ou gago) e uma mulher qualquer. Devia ser essa poesia que chamavam de amor.

O pensamento, como sempre, levava-o um pouco mais além do que devia. A particularidade de Poliana não era tão permutável como afirmava o raciocínio anterior. Porque, além de ser uma rainha, era-o desse reino que estava fazendo conhecer. Ela o representava e, por esse único fato, já era pensamento, e o amor se inclinava sobre as enredadas dialéticas da razão como sobre um abismo.

Não faltavam antídotos para este perigo. Além dos lugares pitorescos e dos monumentos da loucura popular que mostravam aos viajantes de passagem, havia o mundo natural, que o hábito tinha tornado invisível para os nativos, mas era inesgotável em deslumbramentos admiráveis para o santo. Apenas com a fauna e a flora já havia com o que se entreter durante anos. E, além do mais, havia a ocasional borboleta azul, enorme e fugaz, que podia ser uma alma.

XX

Não teriam por que repisar tanto no tema do Amor, que parecia ao santo uma frescura desnecessária, mas Poliana insistia, porque, ao terem se tornado íntimos tão rápido, temia que ele pudesse pensar que ela era uma mulher fácil, "dada". Dizia ser o contrário: tão exigente que nenhum homem lhe caía bem e se em algum momento a pressão a tinha levado aos braços de qualquer um era por atordoamento, ou para buscar mais perto esse amor que não tinha encontrado... até que ele chegou.

O santo se sentia lisonjeado, ainda que sua natural modéstia impedisse de levar muito a sério. Não sabia o que podia ter para provocar sentimentos tão exaltados. Ela encontrava nele um sem-fim de virtudes, que não eram as que ele teria escolhido para se fazer admirar. Elogiava o seu jeito de se vestir, tão sóbrio e pouco pretensioso, em contraste com o rebuscamento dos galãs locais. Jamais teria ocorrido a ele que justamente aí havia um mérito, sobretudo porque não podia ser mais acidental. Com efeito, continuava com o camisão e as pantufas com que tinha saltado da cama no monastério, na noite do atentado. Nos climas cálidos a que tinha sido jogado pelo acaso essa mínima indumentária havia bastado. Era pouco, quase nada, mas reconhecia que nas pantufas que as freirinhas tinham confeccionado residia certa virtude. Com a paciência e o primor próprio delas, que não tinham outra coisa para fazer, haviam bordado na ponteira de tecido branco cenas essenciais da vida de Isabel da Hungria, a rainha turíngia e santa à qual eram consagradas. Na pantufa direita a santa mostrava para um cavalheiro um cesto de rosas; na esquerda, um anjo descia até a santa levando um manto. Teria sido injusto pedir muita exatidão na representação de uma cena bordada com fio preto e cinza (uma vez que tinham se abstido da cor, por respeito ao destinatário das prendas). Mesmo assim não era difícil entender do que se tratava, tendo conhecimento das lendas básicas da história dos santos. É claro que Poliana carecia desse conhecimento e, quando o santo quis explicar o significado das cenas, descobriu que não era tão fácil. Nesse momento, teve de retroceder um passo ou dois para fazê-la entender o que era o desenho e a representação pictórica em geral. No reino de Poliana não se conhecia tal coisa; não concebiam outra representação plástica que a volumétrica e, embora a arte da escultura tivesse alcançado um importante desenvolvimento, a ninguém havia ocorrido a ideia de levá-la ao plano. Certamente o bordado em relevo em umas pantufas não era o ideal para se iniciar na arte da figuração bidimensional, mas era o que havia.

Uma vez, fez com que ela entendesse que o desenho era algo como a visão de umas estátuas dispostas em um espaço imaginário, passou ao que aludiam esses desenhos em particular. O primeiro era a cena mais emblemática da vida da santa. Isabel era uma rainha (contava com uma identificação com a interlocutora por este motivo) que fazia caridade entre os pobres escondida de seu marido, o rei. Este a surpreendeu um dia com uma cesta coberta com um pano, onde levava pão para os necessitados. Ordenou-lhe mostrar o conteúdo da cesta e, quando ela o fez, Deus havia transformado os pães em rosas. A segunda pantufa ilustrava outro episódio: a rainha tinha dado seus mantos aos pobres, durante um duro inverno e, por ocasião de uma cerimônia oficial, não tinha o que vestir (lamento habitual em mulheres de todos os estratos socioeconômicos); Deus então mandou um anjo com um manto mais rico do que todos os que ela dera.

Para Poliana foi como se falasse chinês. A ideia da caridade não tinha espaço em sua cultura e, mesmo explicando-a, não achava graça. De resto, a mecânica do milagre parecia-lhe uma complicação inútil e se sentia incomodada pelo fato de que a protagonista destas representações sem sentido fosse uma rainha como ela. O santo se dava conta, por empatia com este olhar alheio, da complexidade a que podia escalar uma determinada civilização. Ter que dar razões, no mesmo argumento, do que era o desenho e do que era a caridade, dava a medida da distância. Invertendo as posições, perguntou-se se ele não estaria padecendo da mesma incompreensão radical do mundo de sua amada.

Tentou sair do impasse com humor e disse que não devia sentir ciúmes das freirinhas. Ela: Por que eu sentiria ciúmes? Ele: Porque eram mulheres que renunciavam... Ela o interrompeu: Mulheres? Mostrou-se admirada, recapitulando o que tinha ouvido antes. Tinha pensado que essa atividade despropositada chamada Desenho era praticada por uns pequenos insetos chamados Freirinhas.

O santo renunciou. Abandonou o tema, ou o retomou por outro ângulo. Sempre havia sido muito cuidadoso com a roupa, disse. Ela durava eternidades, ele mesmo se impressionava. Por exemplo, quando via um retrato seu em um desses relicários que os fiéis carregavam no pescoço, pintado décadas atrás, via que tinha ali o mesmo traje que estava usando no momento em que o olhava. Parecia-lhe uma espécie de magia. No retrato estava jovem, magro, com muito cabelo, a pele tersa e a roupa que pendia dos ombros era a mesma que tinha agora, uma vida inteira depois. E não é que fosse uma parecida: era a mesma, reconhecia-a pela manchinha à direita do pescoço, que não tinha saído com as lavagens.

Poliana não gostou da anedota, em parte porque não entendia, em parte porque o pouco que entendeu provocou ressentimentos que expressou mais adiante. O santo o intuía, mas sem defini-lo, e por prudência manteve-se em silêncio. Deixaria que seu corpo falasse por ele.

Estava cuidando do corpo com especial atenção, como todo homem que renovava sua prática amorosa. Sempre havia sido limpo e minucioso, sem nenhuma simpatia pelos hábitos rudes de anacoretas e eremitas, aos quais não poupava qualificativos severos, imundos piolhentos que usavam a fé como desculpa para justificar sua alergia ao sabão. Ele, por sua vez, não tinha asco por este precioso elemento de higiene, ao contrário, aproveitava-o. A primeira coisa que fez ao se instalar no reino de Poliana foi averiguar sobre os sabões locais e adotou um de cor violeta, não tanto pela cor mas porque era reputado relaxante. Duvidava que um sabão pudesse ter essas propriedades, mas ainda assim o usou com entusiasmo, pensando que a confiança podia bastar para produzir um efeito que era mais mental do que orgânico. Até que um dia, vendo que havia outro sabão, este de cor verde, cujo efeito se supunha energizante, se perguntou, coisa que não havia feito nunca antes, por que durante toda a sua vida dera tanta importância ao relaxamento, por que o tinha considerado tão necessário para ele. Não tinha nenhuma prova fidedigna de que o seu temperamento fosse tenso ou nervoso, a que devia apaziguar. Talvez fosse exatamente o oposto e apegar-se a um preconceito incorporado sem reflexão poderia ser um erro. De modo que passou ao sabão verde e se pôs em sintonia energética, com a mesma frivolidade lúdica com que antes havia apostado no relaxamento.

Estas anedotas da cotidianidade se desdobravam sobre um fundo exótico de verão perene. O santo acordava muito cedo, se desprendia dos braços de Poliana tomando todas as precauções para não acordá-la, o que era inútil porque ela continuaria dormindo de qualquer forma, e saía para ver o amanhecer. A selva evaporava todo o azul, que escorria como névoa pelos vulcões do céu. O grande anel negro do horizonte começava a tornar-se dourado pouco a pouco, apareciam umas transparências prematuras, outras que se demoravam arrastando visões, outras mais, como lupas rosa. As crianças, os únicos que madrugavam tanto quanto ele, já estavam mergulhando nas cascatas. Por fim o amanhecer se produzia, como uma rede para prender micos.

XXI

Passada a euforia inicial dos descobrimentos físicos, o caráter de Poliana foi se revelando pouco a pouco e, com ele, os impulsos de sua situação presente e de suas perspectivas futuras. Era uma mulher de características contraditórias. Sua inteligência, a lucidez com que podia avaliar gente e fatos eram admiráveis. O santo, habituado ao solilóquio coral da liturgia, tinha de fazer um esforço para segui-la. Mas essa clarividência tinha falhado onde teria sido mais útil e terminava enfrentando a ameaça de um completo fracasso, um naufrágio de suas realidades. Era a problemática clássica do narcisista, que consistia basicamente em pôr a exigência de verdade em todos, menos em si mesmo.

O santo, por sua vez, sempre havia desconfiado da verdade. Achava-a útil para uso pessoal, mas quando via que começavam a colocá-la como paradigma nas relações, se acendiam todas as suas chamas de alarme. A exigência de verdade envenenava as transações na vida social, familiar e amorosa. Os que cediam a ela terminavam misantropos. Poliana era um exemplar consumado desta espécie. Punha a honestidade no santuário da comunicação.

A única coisa que ele podia fazer para tirá-la dessa fastidiosa tessitura era mudar de assunto, coisa que não tinha outra saída além de ficar fazendo o tempo todo.

Está claro que a externalização da culpa a fazia trabalhar dia e noite. Sua mãe, seus irmãos, a suposta perfídia com que a tratavam, voltavam como um bordão em seus argumentos. E se eles não bastavam, então eram as injustas cláusulas dinásticas, o desterro social da mulher e, em última instância, a má sorte. Havia se negado, de imediato, a fazer sua parte em qualquer coisa. Entregava-se às forças familiares, sociais, históricas, para que fizessem com ela o que quisessem. E depois se queixava porque não tinham feito o que queria. O santo não sabia se era ingenuidade, ou se simplesmente não gostava de se preocupar com isso. Absteve-se de perguntar.

Um de seus muitos motivos de queixa era que ele não lhe contava de sua vida. Ela dizia não ter escondido nada, e era verdade; a afirmação implicava que ele, sim, escondia alguma coisa. Não era sua intenção, porque na realidade não tinha nada para esconder, mas quem sabe o tivesse feito sem se dar conta, de tanta mudança de assunto. Em uma ocasião mencionou Deus, por puro hábito da fala; Poliana, que não tinha o conceito da divindade nem sequer outro equivalente, acreditou que se referia a um mandatário europeu e, como a menção havia implicado algum tipo de intimidade com o poderoso personagem, se ouriçou:

– Por que você sempre joga na minha cara sua relação com gente importante? Por que tenho que ouvir, ainda que tenha que tirar o assunto de você à força, que no seu país as pessoas usam imagens suas penduradas no pescoço? Isso não me impressiona, nem interessa. Eu sou pobre e obscura e não pretendo ser o que não sou. Custa muito para mim ser o pouco que sou. Se não te satisfaz, você vai ter que buscar uma mulher rica e cosmopolita.

– Já tenho mais do que isso: tenho uma rainha.

– Não vê o que eu digo? Você está usando meu título como um troféu a mais, certamente para ir contar aos seus amigos que dormiu com uma rainha, uma rainha, nada menos!

– Não tenho amigos. O tempo levou todos.

Sem escutar, ela continuava:

– Mas eu sou uma rainha de país pobre e atrasado, uma pobre rainha primitiva sem poder nem dinheiro.

Como de costume, teve de se apressar para mudar de assunto. E comprovou como é difícil fazê-lo quando o assunto era Deus. Essa postura que Poliana adotava, de rainha pobre dos pobres, obedecia mais ao ressentimento do que à realidade. Que o proclamasse contra ele lhe parecia uma patente injustiça. Ela havia nascido em berço de ouro, com todos os privilégios da posição e da riqueza, atenta apenas aos seus caprichos e suas neuroses. Enquanto ele tinha se criado entre porcos e cabras, lama e miséria, em uma aldeia italiana perdida. Seu êxito tinha sido conquistado com base no mérito e no esforço. Seus milagres não tinham sido feitos sozinhos. Muito pelo contrário, teve que pôr tanto de si que lhe assombrava que tivesse podido poupar uma reserva de forças físicas e mentais. E quando acreditou que chegara o dia de começar a ganhar a recompensa, que não aspirava que fosse mais que de contemplação e de um descanso bem merecido, a cobiça catalã o obrigava a fugir com a roupa do corpo, ao desamparo mais atroz em terras estranhas. Mas não disse nada disto. Sabia o que lhe convinha.

Apenas para mudar de assunto, e por não encontrar nada mais distante de Deus do que o sabão, comentou que havia passado do violeta para o verde.

– Pensei que essa necessidade minha de relaxar tinha sido inventada por mim... para me dar importância, ha ha... – Continuou rápido porque suspeitava que ela não estava para piadas: – Quando quem sabe minhas desgraças vêm de ter estado sempre relaxado em excesso e o que preciso é de um pouco de energia. Ou ao contrário. Vá saber. Na realidade não sei o que me convém. Ou não conheço o suficiente a mim mesmo, ou minhas dúvidas sobre a eficácia destes produtos são mais radicais do que pensava.

– Você não pensou em misturá-los?

– Pensei, mas temi que os efeitos opostos se neutralizassem, se é que realmente há efeitos.

– Não há motivo para duvidar – disse Poliana –, a não ser que duvide de tudo o que te rodeia. Esses sabões são o orgulho de nossa modesta indústria, há gente que vem de reinos vizinhos para procurá-los. E sei de muitos que os misturam: as virtudes não se neutralizam mas se somam. Neste caso, resultam em uma energia relaxante. A energia sozinha, sem a calma necessária para poder refletir e saber como usá-la, é uma pura força cega que pode ser destrutiva. E o relaxamento sem energia, não é preciso dizer, é pura preguiça.

– Não tinha me dado conta.

A cada momento estava lhe dando motivos para admirar sua inteligência, mas não dava tempo para admirar muito, porque uma guinada brusca na conversa a devolvia ao terreno espinhoso. Ela também sabia mudar de assunto, ainda que suas mudanças consistissem em voltar sempre ao mesmo tema, que eram os seus problemas. Nesta ocasião disse que falar do sabão era uma dessas típicas banalidades com que ocupavam sua mente os que não tinham problemas de verdade, como os que ela tinha. Deve ter notado que o santo recebeu a indireta, porque a mitigou: supunha que era questão de idade. Ele já tinha sua vida resolvida e podia se distrair com o circunstancial. Ela, por outro lado, tinha tudo por fazer e precisava fazê-lo com toda urgência que lhe exigia um tempo que se encurtava sem piedade.

Era a milenarista de si mesma. Atuava como se todo seu maravilhoso domínio fosse um grande relógio de sol, com a sombra andando para a hora fatal: sua vida era apenas uma véspera, produto das sanções internas de seus fracassos, sem outro sustento que sua negativa a se encarregar da realidade. O santo se maravilhava com o nunca visto da situação: era possível que uma rainha fosse uma ressentida social? Mas os tentáculos da interrogação se voltavam para ele: como era possível que nas redes desta rainha paradoxal caísse um santo especializado em milagres? Era por acaso outro milagre?

Tampouco podia dizer que o assunto do sabão tivesse saído do nada, porque esta conversa acontecia à beira da água, onde tinham ido passar as horas de mais calor; um córrego cristalino corria entre as rochas, encontrava um remanso mais adiante e frente a eles se precipitava em uma cascata transparente. No remanso mergulhavam gritando e rindo jovens de ambos os sexos. Sem ser contagiosa, essa alegria coletiva criava um fundo de sutis emanações eróticas. Foram para a água eles também e ficaram debaixo da cascata. Ali a abraçou. A pele dela, sobre a qual a água corria, ganhava uma textura diferente, se endurecia e respondia com agitações internas às suas carícias. Pelos corpos enlaçados corriam as espumas violeta e verde dos sabões, formando desenhos que reproduziam seus estremecimentos.

XXII

A relação foi se deteriorando paulatinamente, a passos largos. Cada hora contribuía para sua pequena ou grande irritação. O santo não se sentia responsável, ao contrário: pensava que um observador imparcial não somente o absolveria como também o felicitaria por sua paciência. Imaginava o que diria: "Esse homem é um santo, para suportar as esquisitices de semelhante histérica." E como nesta fantasia não era ele quem falava, mas um imaginário observador imparcial, se permitia pensar coisas que ele com sua própria voz preferia não pensar: "É uma harpia, uma egoísta, um verdadeiro parasita emocional, bem merece todo o mal que tem passado na vida e a solidão em que ficou." Em outras circunstâncias, a relação não teria durado. Um homem como ele, livre e na plenitude de suas capacidades, deveria sair batendo a porta e certamente encontraria outras mulheres fazendo fila para se deitarem com ele. Mas não era tão fácil. Reconhecia que essa plenitude física e intelectual em que se encontrava devia, ao menos em parte, a ela. A ela ou ao seu reino encantado, em que suas forças adormecidas haviam despertado. Um pudor de lealdade, ou agradecimento, impedia-lhe de esquecê-lo.

A mesma lealdade, desta vez para consigo mesmo, obrigava-o a reconhecer as virtudes de Poliana. Sua inteligência, sua honestidade, a retidão a que obedecia o seu comportamento. Mas eram virtudes mal colocadas. A inteligência tinha apenas lhe servido para reconhecer a raiz e a extensão de seus fracassos; a honestidade a tinha posto em desvantagem no mar de mentiras que era a corte. De que servia ser reta onde todos eram tortos? Devia haver, pensava o santo, uma falha em sua inteligência, se a inteligência era basicamente uma capacidade de adaptação. Ela não podia se adaptar às circunstâncias: o reto nunca pode fazê-lo. A sua era uma inteligência desacoplada de si mesma.

Ou então (mas não era excludente) o problema central estava radicado em uma vontade doente, uma vontade morta como um galho seco dando um mau angúrio ao roseiral florido que a envolvia. Afinal, era patrimônio do humano, ver o melhor e fazer o pior. E não era que ela fizesse o pior, nem sequer que fizesse coisas reprováveis. Era algo pior: não fazia. Talvez não fosse o caso de condená-la por isso. Estava em uma posição especial, era rainha, em um sistema dinástico-político de particular perfídia, e ninguém havia lhe dado a ajuda de que necessitava. Mesmo assim, tinha se colocado por decisão própria nessa situação e parecia se comprazer em dar motivos ao próximo para decepcioná-la. Agia segundo a lógica de "Pense no pior e acertará", e obtinha um gozo perverso da infalível confirmação. Mas não teria sido tão difícil se redimir. Mesmo sem ter nenhuma experiência em questões de governo, ou familiares, ou mundanas em geral, ocorriam ao santo diversas estratégias improvisadas com que ela poderia vir se superar. Mas não valia a pena colocá-las: seus conselhos ficariam em frangalhos contra um invencível derrotismo. Realmente essa mulher era dos que não queriam ir adiante, porque isso os tiraria do papel de vítimas que havia se tornado consubstancial a eles, liberando-os de responsabilidades.

O motivo principal para que ele continuasse ao seu lado eram as alternâncias. Poliana podia se comportar do modo mais descomedido um momento e, no seguinte, voltar às risadas e às carícias e à conversa inteligente. Assim como sobre os bons momentos pendia a ameaça de um desgosto repentino, os maus abrigavam a iminência do sorriso balsâmico que curava tudo. Mas essas oscilações terminavam dando nos nervos. Inflamava-se por qualquer coisa, às vezes por algo que ele nem sequer havia percebido ou entendido, e então era inútil pedir explicações a ela.

Uma noite tinham ido comer em um bosquezinho afastado do palácio. Foram levados na liteira, seguidos por três burrinhos e outras tantas assistentes do serviço privado com os víveres e a louça. O traslado se prolongou, bordeando o conglomerado de umas montanhas. Por momentos a cerração era quase impenetrável e, se tivessem deixado o santo ali, teria sido impossível se orientar. Era um labirinto sem paredes. A folhagem invisível roçava a liteira com murmúrios aveludados. A respiração dos burros soava longe. Poliana estava de bom humor, falando dos problemas que tinha para resolver. Ele perguntava pelos sons que pontuavam a viagem cega: um canto, um zumbido, um silvo agudo e entrecortado, o chiado fúnebre que parecia afundar mais a lonjura da qual surgia. Ela não sabia responder a nenhuma de suas perguntas. Ainda que tivesse vivido ali toda sua vida, jamais tinha se preocupado em saber nada da natureza de seu reino. Era muito característico de sua personalidade: seu pensamento estava cheio dela mesma, ou, em suas palavras, tinha "outras coisas com que se ocupar". O mesmo valia para o lugar a que o levava, um recanto privilegiado para as observações astronômicas e os amanheceres lunares; Poliana era impermeável às belezas naturais, se interessava apenas pelas correções éticas que a tinham por objeto. O santo já estava se acostumando; sem necessidade de fazer uma análise psicológica, pela mera convivência, incorporava o modo de ser, antecipava as reações, acreditava poder manter o diálogo em um nível cordial; em resumo, baixava a guarda. Nessa noite teria oportunidade de ter a medida da magnitude de seu erro.

A refeição se desenrolava sem preocupações. Estavam sós, sob uma lua discreta que polvilhava de branco a toalha de mesa e as migalhas. As assistentes e os carregadores tinham se afastado para os cantos do baixio e suas vozes mal lhes chegavam. Os sons da noite, esquecidos, morriam junto com os minutos e as horas. Poderia ter sido um momento memorável. De fato, o santo agradeceu que o tivesse levado para conhecer esse lugar mágico. Não o disse, mas certamente estava deixando claro que a achava mais bela do que nunca. Seus ombros salientes, os seios que se insinuavam sob o tecido leve, as pernas nuas cruzadas sobre o tapetinho e o rosto perfeito que aparecia e desaparecia na contraluz lunar, mutável, expressivo. Um sentimento de posse o arrebatava, como se tivessem posto em suas mãos algo sumamente valioso, por exemplo, tempo.

A exaltação amorosa, acentuada pelo vinho, não lhe fazia esquecer certas precauções que já havia incorporado. Mesmo assim, as precauções não foram suficientes. Em um momento da conversa, festejando alguma perspicácia de Poliana ao mesmo tempo que enchia os olhos com sua beleza, disse que se tivesse tido uma filha, gostaria que fosse como ela.

Para quê! Reagiu como uma cobra em que tivessem pisado. A expressão do rosto se encrespou, o olhar ganhou um brilho agressivo, todo o corpo se contraiu em um espasmo raivoso. Nunca a tinham insultado assim, disse: suas palavras deixaram claro o conceito que tinha dela: uma puta, que lhe servia de diversão, que a diminuía e escarnecia dela com seu desprezo.

O santo, perplexo, achou que havia algum tipo de mal-entendido. O que tinha dito era perfeitamente inocente... Acreditaria que realmente tinha uma filha? Não havia lhe contado da regra de celibato de sua ordem, por considerá-lo improcedente. Mas, de qualquer modo, suas palavras não tinham pretendido expressar outra coisa que sua admiração e respeito por suas qualidades.

Não valia a pena explicar, nem pedir explicações. Poliana havia fechado as válvulas impenetráveis do mau humor, a figura que minutos antes irradiava a doçura da noite compartilhada agora era fonte de ondas odiosas. A conversa terminou, a noitada foi posta a perder de forma irremediável. Ela não provou nem um bocado de comida a mais, nem bebeu um sorvo. Ele, que tinha servido a sobremesa, despachou-a depressa para dar por terminada a cena insuportável. Ela não o olhava, mas deve tê-lo registrado de qualquer modo, porque no dia seguinte, rindo, lhe diria que nunca tinha visto ninguém comer um flã tão rápido.

A viagem de volta foi sem palavras. O santo, superada sua neutralidade, estava furioso ele também, se sentia vítima de uma injustiça inqualificável. Dormiu mal nessa noite, na realidade quase não dormiu, perguntando-se por que teria de suportar tanto capricho. Até pensou em ir embora, sem mais, despertar o menino com a primeira luz do dia e desaparecer sem se despedir. Poliana dormia ao seu lado, plácida e satisfeita. Teria boa surpresa, de resto merecida. Não o fez, deixou que triunfasse o *status quo*. Pela manhã disse isso a ela, quanto mais não fosse para não desperdiçar a ideia. E ela, sem pestanejar: se fosse embora, que não voltasse nunca mais.

Depois se acalmou e tudo voltou a ser como antes. Mas estas cenas estavam sempre latentes. O santo se perguntava se seria preciso aplicar aquele "Na vida tudo se paga", e o pagamento por gozar do corpo maravilhoso da rainha seria aguentar o seu mau gênio. Se era assim, havia uma solução, difícil mas não impossível, para alguém exercitado como ele nas ginásticas do espiritual: ter acesso a uma sublime indiferença da qual nada do mal o afetasse, e o bem lhe fosse entregue impoluto. Então sim, poderia gozar sem pagar.

Claro que essa separação do bem e do mal implicava uma dissociação do corpo e da alma e ele não podia gozar do corpo de Poliana sem amar sua alma. Nessa alma torturada moldavam-se os piores defeitos, mas nem a mais sublime das indiferenças podia ignorá-la por completo. A duplicidade implícita refletia o abismo cultural que os separava. O que os corpos uniam, por provir do natural, as almas separavam, por terem sido forjadas em mundos diferentes. E não podia pretender ignorar o mundo de Poliana porque ali havia nascido o amor, no reino da beleza de que ela era representante e joia suprema.

XXIII

O reverso da entrega total e incondicional de que Poliana se havia feito objeto, ou seu anverso, era o que exigia dele, tacitamente a princípio, em termos cada vez mais explícitos com o passar do tempo. Pedia que se responsabilizasse por ela, que a tirasse do atoladouro monárquico em que se encontrava dissipando as ameaças que pressentia. O santo via a tarefa como infinitamente superior a suas forças e capacidades. Recolhia informação, de seus vermelhos lábios que ele tanto gostava de beijar e, à medida que as coisas se esclareciam, mais obscuras se tornavam. Ao redor dos amantes se tecia uma rede inextricável de manobras de poder, a cargo de seres experientes contra os quais ele não teria a menor possibilidade de resistir. Um clero organizado disposto a tudo com o fim de preservar seus benefícios, cruentos magnatas com as chaves e os recursos da coação, à frente deles o irmão da rainha, ministros enroladores em conclave permanente com a mãe, que era por si mesma um adversário formidável, apesar de sua saúde frágil... Nem em sonhos ousaria fazer frente a esta legião de pesadelos.

A raiz do problema estava no fato de que ela não assumia seu papel de rainha. Como assumiria, se era o ser mais dependente do mundo? Ainda que não fosse a causa que esgrimia (porque tampouco assumia sua dependência; ao contrário, se jactava de ser uma mulher independente, de novo cunho). Dizia ter uma invencível repugnância moral pelos componentes do poder e até pelo mero contato com funcionários e cortesãos que sabia corruptos, falazes e intelectualmente inferiores. Mas, ao mesmo tempo, não tinha nenhuma intenção de renunciar aos privilégios da coroa: os massagistas, as aias, as liteiras de ouro. Jamais poderia prescindir desses luxos, de modo que ficava excluída a alternativa de levá-la consigo. O que tinha ele para oferecer, um fugitivo à intempérie? Ela era tão parte de seu reino como as montanhas e os rios, ou como as flores e as aves que o cobriam. Quando lhe pedia que se encarregasse dela estava pedindo que se encarregasse de seus exércitos e suas cidades e seus campos, da administração do tesouro nacional e da negociação das relações exteriores. Pedir o impossível podia ser muito poético, muito idealista, mas na prática se tornavam palavras vazias. O santo não teria sabido nem por onde começar; o seu *métier* era o imaterial.

Não duvidava de sua sinceridade quando dizia que o amava, que era o único verdadeiro amor que havia experimentado... Não punha isso em dúvida, assim como não o fazia com nada que ela dissesse; era incapaz de mentir, o que ao longo do tempo começava a parecer uma condenação. Mas se perguntava o que teria visto nele. Era um tanto inquietante pensar que havia em sua pessoa de velho santo aposentado um atrativo do qual não tinha consciência. Suspeitava que pudesse ser apenas a sua condição de estrangeiro: o rancor que guardara contra todos os que tinham influído em seu destino, todos compatriotas, devia tê-la levado a ver seu salvador no único que não o era. Claro que não devia ter clareza sobre a medida em que seu amor estava contaminado por sua necessidade de proteção. Remontando ao seu passado europeu, o santo se dava conta de que este mecanismo era o mesmo que produzia o fanatismo religioso ou, diretamente, a fé.

Se isso fosse tudo, não teria sentido mais que compaixão; o ruim era que Poliana não cedia em sua postura imperativa e seus caprichos e raivinhas. Imediatamente depois de lamentar seu desamparo, a solidão em que se sentia no ninho de víboras que era a corte, apelando indiretamente por sua ajuda, não tinha nenhum problema em fazer uma colocação violenta ou maltratá-lo por motivos que lhe escapavam. Devia fazê-lo para manter a autoestima e se fazer valer diante dele; desde o primeiro momento tinha insistido em que não era uma mulher "dada". Atribuía a si mesma um preço alto. Ele reunia as suas reservas de paciência e compreensão, mas não dava. Chegou a se perguntar o que fazia ali. Afinal, era livre como o vento. Nada o impedia de seguir viagem. Não seria difícil encontrar uma desculpa, poderia inclusive ir embora no meio da noite sem desculpa nenhuma, já que seu trajeto era sempre para frente, sem retornos nos quais tivesse que dar explicações.

Mas Poliana não estaria em nenhum outro lugar para onde ele fosse. Esse pensamento o detinha, embora não fosse na realidade um pensamento. Eram as razões que lhe diziam que não tinha por que aguentar os maus-tratos, ou que era livre para partir. Ela não era um pensamento, mas outra coisa, mais parecida com a imagem. Quando tratava de explicar por que ficava, via o corpo branquíssimo de Poliana, seu volume maravilhoso ressaltado sobre o fundo da treva da noite, envolto e acariciado por sombras que lhe davam uma realidade que ninguém mais tinha, a realidade incrível que os homens buscavam a vida toda. Era o amor, então? Era apenas um reflexo do que dizia sentir? Tinha o palpite de que Poliana havia inventado essa máquina infernal que tudo tornava um reflexo e da qual não se podia escapar.

Chegou a pensar que tinha algo de certo na separação e autonomia do corpo e da alma. Teria gostado que o corpo de Poliana se liberasse de seu caráter, de seus ressentimentos e exigências. Só que, pensando bem, algumas partes da alma deviam ficar, por exemplo, as que lhe faziam sorrir, a que faziam seus olhos brilharem ou que os velava com uma doce melancolia quando olhavam o pôr do sol do alto da montanha.

O que mais pesava, muito mais do que estes devaneios inúteis sobre o amor, era que, quisesse ou não, tinha sido jogada sobre ele uma responsabilidade. Ela havia se entregado, em corpo e alma, e ele tinha aceitado essa entrega, talvez por imprudência, sem pensar nas consequências. Agora deveria se responsabilizar.

Era uma verdadeira intriga. Teria necessitado de mais calma, mais distância, para pensá-lo objetivamente. Tentava-o de manhã cedo, quando procurava uma solidão contemplativa. Acordava na alvorada, por hábito conventual, deixava-a dormindo e saía para caminhar pela cidade também adormecida. Afastava-se da área mais povoada e se sentava à beira de um córrego, tratando de refletir e ver claramente sua situação. Via um peixinho dourado na água azul, ouvia cantar um pássaro sozinho para constatar que não entendia a sua língua, e isso era tudo. Não havia pensado em nada e já era hora de voltar, se quisesse surpreender o primeiro despertar da rainha para abraçá-la e fazer amor. Ela bufava contra sua lascívia, dizia que era tarde e chamava suas donzelas. O santo aceitava. Não se podia viver fazendo sexo o tempo todo. Ou sim, se podia? Previa que de um modo ou de outro, sua proximidade de Poliana seria breve e, se fosse este o caso, não lhe convinha aproveitar cada momento? Perguntava-se isto lembrando de um fato da sua infância, quando vivia na aldeia italiana. Uma vez ao ano seus pais faziam uma peregrinação a uma cidade próxima, distante para quem fazia o trajeto a pé, e o levavam. Alojavam-se durante quatro dias em um estábulo que os padres punham à disposição dos peregrinos e assistiam à festa do Santo e à procissão. Mas ele, como bom filho de pobre, tinha liberdade de movimento e aproveitava para entrar na catedral, a fim de contemplar as numerosas obras de arte que a povoavam: estatuetas de santos e virgens ricamente vestidas, pinturas com cenas bíblicas, vitrais de bonitas cores, altares adornados, colunas, mosaicos... Tudo desfilava diante de seu olhar ávido, não podia acreditar que no mundo houvesse tanta riqueza, cada detalhe o enchia de admiração e havia tantos que poderia passar a vida contemplando-os. Porém, sendo criança, não tinha passado em revista nem a centésima parte dos tesouros postos à sua disposição quando outras atividades já o chamavam, como brincar com outros garotos, pedir um doce, qualquer coisa, até se entediar com os pais. E quando voltava a sua aldeia se perguntava como era possível que não tivesse passado todo o tempo na catedral e não o perdendo em atividades que podia também fazer em casa. Não entendia como era possível que tivesse sido tão displicente com uma ocasião tão rara, tão fugaz, e passava o ano inteiro recriminando-se e prometendo que da próxima vez faria melhor... Seria uma constante em sua vida?

XXIV

A decisão de ir ou ficar ele não precisou tomar, porque a solução ao dilema veio de fora, na forma de uma carta. Entregou-lhe um viajante que vinha da mesma direção da qual ele tinha vindo e, como ele, acompanhado de um menino. Esses dois dados deveriam ter indicado sua procedência, e a da carta, mas sua capacidade de dedução devia estar embotada, depois da enfiada de fatos inesperados que vinham assaltando-o desde que abandonara o monastério catalão. Retirou-se para ler a carta em privado, seguido pelo olhar suspicaz de Poliana, e não somente dela: todos os presentes nessa tarde na esplanada das pracinhas reais se mostravam inquietos, certamente porque o correio ali não era frequente e era usado apenas para declarações de guerra ou questionamentos dinásticos.

Mas se tratava de uma mera carta comercial. Provinha de seu velho amigo e amo Abdul Malik. O cabeçalho rezava: “Prezado senhor Optimus”. O santo se perguntou de onde teria tirado esse nome. Não se incomodou em buscar o significado ou a etimologia. Estava acostumado com estas invenções, como o estavam todos os santos de sua época. Eles eram os que davam os nomes mediante o calendário, mas ao estar este incompleto ainda, os próprios santos flutuavam em um vazio onomástico.

Ainda assim, era perigoso. O pior dos apelidos podia pegar e já não poderia mais se livrar dele. Nesse caso a solução era esperar que o tempo (podia levar séculos) desgastasse o ridículo de um nome, graças ao seu uso e abuso, por exemplo, quando era o de uma igreja muito frequentada e mencionada ou, inclusive, uma rua ou uma cidade. E sempre havia o recurso de que o esnobismo ou a saturação de nomes mais comuns fizessem com que este entrasse na moda e as pessoas batizassem com ele os seus filhos ou, em todo caso (melhor do que nada), os seus cães.

Optimus!, disse com um suspiro.

O conteúdo da carta, em sua parte principal, não o surpreendeu. Deveria ter esperado algo assim: alguém estabelecia uma relação nas altas esferas e todos queriam usá-lo como mediador para seus negócios. Abdul começava com melosas declarações de amizade e supostas nostalgias das conversas que tiveram (o santo se lembrava apenas de uma). Não demorava para ir ao ponto: tinham chegado notícias de sua amizade com a rainha Poliana e ficaria muito agradecido se explorasse com ela ou com seus assessores comerciais a possibilidade de importar chocalhos. Seguia um monte de números que o santo percorreu muito por cima. Não tinha intenção de proceder para além de dar alguma palavra nesse sentido, de modo que pouco lhe interessavam os cálculos que Abdul fazia de fluxos de produção, modos de pagamento, descontos, retenções. Era um tanto patético que um homem adulto tivesse que depender da venda de uns guizos e por isso tivesse de levar a sério o que não merecia mais do que um sorriso condescendente da parte das pessoas sérias.

Mas o santo lembrava que ele mesmo tinha levado a sério, com vivo interesse, esses dispositivos sônicos, quando Abdul os apresentou, contou sua história e mostrou seu funcionamento. Claro que o tinha tomado como um fato artístico, fazendo a correspondente adaptação de seu julgamento à cultura selvática e primitiva a que pertencia. E viver disso não lhe havia parecido tão patético quanto agora; tinha-o considerado como algo bastante poético. Perguntou-se se essa mudança de perspectiva se devia a uma mudança que tinha se operado nele. Se tal fosse o caso, o sexo podia ser o responsável, porque nenhuma outra variável intervira. Que uma bela rainha tivesse se entregado a ele, era preciso colocar em um nível superior ao das pessoas que comercializavam guizos de madeira. Não estaria pecando por soberba? E de uma soberba demasiado sem fundamento, porque afinal Abdul tinha meia centena de esposas, de modo que, se fosse por sexo, não tinha nada a lhe invejar. E, além do mais, ele estava pensando em escapulir e em deixar a sua rainha plantada.

A carta lhe dava a oportunidade. Tinha criado a suficiente sensação de que esperassem dele, depois de lê-la, uma mudança transcendental. Cogitou algumas possibilidades. Podia dizer que informavam que sua mãe estava doente e tinha que assisti-la em seu leito de morte. Com a veneração que as tribos primitivas tinham pelas mães, ninguém questionaria a necessidade de partir. O certo é que, uma vez que dissesse uma coisa dessas, não teria volta. Cortaria a ponte de suas vacilações e, antes de fazê-lo, vacilava. Queria ir embora, realmente? Na cabeça surgiram todos os argumentos que havia acumulado contra Poliana: seus caprichos, suas luas, seu egoísmo, sua ineficiência para fazer frente aos problemas. No outro prato da balança havia um único argumento: seu corpo, de que ele podia usufruir com discrição. E, a partir desse ponto, podia-se colocar no primeiro prato outro argumento, mais tradicional: mulheres havia muitas, havia em toda parte e estavam tão desesperadas por homens que bastava estirar a mão para ter uma.

Havia uma volta a mais, nesta enroscada polêmica consigo mesmo: a individuação que Poliana tinha adquirido em sua vida mediante o amor. Isso não tinha substituição, ou não a tinha tão fácil. Talvez tivesse sim: não podia saber sem experimentar antes. Sentia-se em condições de fazer a experiência.

Então, estava decidido: ia embora, seguia viagem. Confiava que a aventura lhe depararia com novos episódios.

Lamentava ter de mentir, mas não lamentava em excesso. A mentira e a verdade eram relativas, já que os fatos que eram os referentes do discurso estavam mudando sempre. Além disso, sua relação com Poliana tinha feito com que adquirisse uma particular aversão pela verdade, da qual ela era devota fanática. Fazia um culto à veracidade, exigia-a tanto nos demais como em si mesma, praticava essa sinceridade brutal que só causava dor, era "um livro aberto" e pretendia que todos o fossem, ignorando a poesia e o mistério que continham os livros fechados. Eram-lhe desconhecidas as sutilezas das meias verdades e as meias falácias, o mentir com a verdade e o dizer a verdade com a mentira. Não queria saber das ambiguidades nem dos silêncios culpados em que se aninhava toda a ternura do mundo. E para que tinha servido tanta verdade? Para viver amargurada e desiludida, desconfiando da humanidade, aferrando-se à nudez antinatural da honestidade.

Com estas reflexões na cabeça prestou pouca atenção no resto da carta, que continha o mais interessante. Ali Abdul dizia que enviava a mensagem com um escravo recentemente adquirido, que quando soube de seu desejo de se comunicar com ele tinha se oferecido gentilmente a fazer-lhe o favor. Lembrando dos problemas que Abdul tinha para se livrar do excesso de escravos que devia comprar com a finalidade de manter ativo o consumo, era fácil deduzir que a carta havia sido a desculpa perfeita para despachar pelo menos um e ter uma boca a menos para alimentar.

E acrescentava, em um epílogo inesperado, que a providencial comunicação dava-lhe a oportunidade de corrigir um erro que haviam cometido com ele: deram-lhe um menino errado. Apressava-se a assegurar que a culpa era toda deles, de Abdul e de sua equipe de auxiliares: o acúmulo de tarefas, as complicações que estavam sempre surgindo, a má vontade de alguns e o escasso desejo de ser útil da maioria, para não falar das confusões inerentes à semelhança de todas as crianças, faziam o erro desculpável. Mas não deixava de ser um erro e, já que se dava a oportunidade de saná-lo, assim o faziam. De modo que, junto com a carta, o viajante de sua posse levava o menino que lhe correspondia, cuja recepção devia estar acompanhada da devolução do outro.

Prima facie o santo aprovou a mudança: o menino que o acompanhava era uma carga; embora pudesse realizar algumas tarefas, compensava sua utilidade com os inconvenientes que causava, o principal deles relacionado com o sono. Não se podia repreender a um menino de cinco ou seis anos como este que quisesse dormir à noite, mas, para os hábitos noturnos do santo, e os da corte, era um incômodo vê-lo dormindo em pé e, nos intervalos, ouvir sua vozinha sonolenta com o perene "Quando vamos embora?". Uma mudança seria bem-vinda.

Esse costume, tão difundido nas áreas inter-hemisféricas, de fazer das crianças auxiliares de tarefas, era um modo prático e simples de dar uso a uma energia vital em flor que de outro modo se perderia. Criava fugazes dinastias unipessoais, dinastias do presente. A graça e a elegância das crianças pareciam destinadas desde o começo do mundo a contrabalançar, com sua gratuidade, a feia cobiça dos homens. E eram realmente uma ajuda: quem não o tinha experimentado não podia sequer imaginar o quanto aliviavam a rotina cotidiana. O santo experimentaria uma versão extrema, porque o menino que tinham mandado em substituição mal passava dos dois anos de idade.

XXV

Voltou à festa, que estava em seu apogeu, o que lhe deu uma trégua antes de ter que dar explicações. Não poderia tê-lo feito de todos os modos, por causa da percussão ensurdecedora. Tinha ido tão longe em seus pensamentos que o espetáculo da realidade o pegou de surpresa. Claro que se tratava de uma realidade especialmente carregada. O perfume das rosas envolvia a meia-luz em que se desenrolavam esses fastos de uma humanidade despreocupada e feliz. No centro estava a rainha, falando animadamente com seus vizinhos, fazendo público o exercício de sua simpatia de tímida, como se não tivesse nenhuma preocupação, mas os olhares ansiosos que lhe dirigia a traíam. Estava rodeada por seus cortesãos e mucaminhas, com as sombrinhas dobradas ainda que o orvalho fizesse arcos irisados sobre suas cabeças. Os guerreiros, com pinturas cerimoniais, bebiam e contavam aos gritos façanhas bélicas que aconteceram apenas nos seus cérebros de beberrões. Os músicos e bailarinos, também pintados, emplumados, faziam um barulho infernal com seus shows, cabalas policromáticas destinadas ao momento. Não pareciam incomodar ninguém. Certamente o costume ou um gosto inato pelo ruído permitia que se isolassem em seus pensamentos ou práticas como se só os grilos cantassem. Exemplo disso era um indivíduo concentrado em talhar com uma faca uma grande cabeça de madeira negra. As famílias haviam saído de seus casebres para participar da festa e se entretinham com coloridos sorteios de animais. Destes, não pintados em cartelas, mas reais e vivos, havia uma profusão pululante, sobretudo de texugos e papagaios. Os cãezinhos se deslocavam em fila, rápidos como flechas. Os jovens passeavam, as moças de braços dados em grupos de cinco ou seis, obrigando os rapazes a se desviar quando enfrentavam esses risonhos leques humanos. Os banhistas mergulhavam no lago, seus corpos molhados fazendo escorços com brilhos que não permaneciam. Mais ao longe, em câmaras de silêncio crepuscular, os pastores traziam seus rebanhos por ladeiras que, a distância, pareciam placas coladas à paisagem. No horizonte, que se multiplicava no anúncio do amanhecer, partiam as caravanas, em uma tristeza infinita que chegava ao santo como vinda do além.

Dava-se conta de que a decisão que devia tomar não pesava somente em Poliana, embora ela fosse o reflexo mestre ao redor do qual girava todo o resto. Tudo importava, cada pequena coisa, porque até a menor delas havia contribuído para modelá-la e, de algum modo, ela havia incorporado a forma e o sentido de tudo. Não é que o santo supervalorizasse a influência do meio ambiente; concedia participação à herança e à vontade; sem ir mais longe, ele se sabia forjador de si mesmo a partir de uma força interior que também podia ser alheia sem deixar de ser interior. Mas isso valia para o homem comum, para a mulher submissa ou a liberal, para o soldado, o filósofo ou a mãe. Poliana não era nada disso; era uma rainha. O meio não era uma influência a mais nela senão a estrutura mesma que a colocava no mundo. Havia algo de totalidade natural em sua pessoa. Para um homem que vinha das estreitezas voluntárias e as austeridades impostas da vida monástica, de toda uma vida feita de puro tempo, as luxuosas magnitudes que se encarnavam nessa mulher rainha tiveram o poder de apaixoná-lo. Não queria entrar em discussões consigo mesmo porque suspeitava que não o levariam a nenhum lugar, de modo que não questionaria prioridades e não se perguntaria o que vinha primeiro, o sexo ou o amor; porque isso podia levá-lo a perguntar-se se tinha se apaixonado apenas para ter sexo. O amor, se realmente era amor e não uma mera ilusão, estava na membrana em que terminava a rainha e começava seu reino. De fato, o amor terminava sendo algo mais amplo do que tinha pensado quando a abraçava nestas noites e nestes dias de paixão. Incluíra o país, em tudo o que o país havia contribuído para conformar a alma de Poliana. Afastar-se dela implicava perder o país. Não duvidava de que no continente houvesse muitos outros reinos. Pelo que sabia, havia demasiados, em uma fragmentação derivada das rivalidades tribais e das complicações hercinianas. E muitos seriam parecidos a este e até idênticos, porque a combinatória era limitada. Em outros podia ter encontrado os mesmos prazeres, as mesmas belezas, experiências equivalentes. Mas esta última palavra delatava o erro do que era possível: não havia equivalências no vivido, em todo caso, havia delas em seu relato. Não tinha entrado em nenhum outro reino senão neste. E o que o reino havia feito com Poliana, ele havia feito ao reino: desde o momento em que transpôs os seus peristilos ornamentais, sua presença havia modificado as condições do meio. De modo que ir embora significava ir embora de uma parte dele. Mas não havia o que dramatizar, porque acontecia a mesma coisa em toda partida. Daí o sedentarismo exercer uma atração tão pronunciada.

Poliana, por sua vez, não iria embora nunca, ainda que mais de uma vez tivesse fantasiado em voz alta sobre a possibilidade de ir com ele e abandonar à própria sorte o ninho de víboras que, segundo ela, era seu reino. Não iria, e não mudaria. Não tinha nenhum motivo para mudar, nenhum estímulo, já que não reconhecia seus defeitos e de todos os males que sofria culpava os demais. Seu caráter a condenava. Seguiria sendo caprichosa, desconfiada, mandona, inútil para tudo o que não fosse se queixar, sem uma vocação, sem poder aproveitar o tempo nem gozar realmente de sua juventude. E, ansiosa por descarregar responsabilidades em outro que se encarregasse, buscando a salvação na boa vontade do improvável homem não ludibriado que se dedicasse a ela. Sua beleza era desperdiçada no ressentimento. Sua vontade, uma doente incurável. Que estranho, pensava o santo desde sua atalaia de observador comprometido, que a rainha de um reino encantado se comportasse tão mal como qualquer mulher, feito uma dessas esposas do mundo real que tornavam a vida impossível para o marido. Seriam todas iguais, então?

Esse pensamento ("São todas iguais"), que tantos homens tiveram antes dele, terminou por decidi-lo. Não tinha por que seguir preso a esta aprendiz de bruxa só porque lhe entregava seu belo corpo. Poderia voltar a fazer a história do amor com outra e não haveria grande diferença. Se havia qualificado de incomparável o corpo de Poliana, isso talvez se devesse ao fato de que não tinha se dado ao trabalho de compará-lo. Além disso, nem todas eram iguais, ao contrário: todas eram diferentes e proporcionariam satisfações diferentes. Na variedade estava o gosto. O que tornava as mulheres felizmente descartáveis.

Surpreendia a si mesmo o cinismo com que estava lidando. Era um cinismo circunstancial, também descartável; poderia repudiá-lo uma vez que tivesse servido para sair do impasse, mas enquanto isso o pintava com cores bastante escuras. E pensar que fui um santo!, disse a si mesmo com um sorriso compreensivo. Corrigiu-se: santo continuava sendo, porque era uma convalidação vitalícia e *post mortem*. Mas dentro de cada santo se escondia um homem, só precisava abrir a porta para que saísse.

XXVI

Contaria agora mesmo, enquanto a notícia estava quente. O barulho da festa faria misericordiosamente entrecortada a comunicação e em público ela não se atreveria a fazer uma cena dramática demais. Além disso, não havia por que lhe dizer que ia embora para sempre; falaria de uma breve ausência para pôr em ordem seus assuntos, de modo a poder voltar e ficar mais tempo. Mentir era fácil, tão fácil quanto seduzir e mentir sempre, com o risco de perder a deliciosa diferença entre mentira e verdade.

Teve de postergar, no entanto, o seu anúncio porque o viajante que tinha trazido a carta o interceptou, dizendo-lhe que precisavam falar. Supôs que se tratava do escambo dos meninos (que efetivamente se deu nesse momento), mas havia algo mais.

O estranho se apresentou:

– Meu nome é Cobalto.

O nome não dizia nada ao santo, nem sequer quando o desconhecido disse que vinha do povoadinho catalão de onde ele havia partido.

– Que curiosa coincidência. Mas mesmo assim, vai ter de me desculpar. Eu saía pouco e, quando saía, via muita gente ao mesmo tempo. Sou mau fisionomista e com a idade os nomes começaram a fugir da minha memória a uma velocidade alarmante.

– Entendo. Mas não pretendia que você me reconhecesse. Nunca nos vimos. E, dada a profissão que eu exercia, teria sido muito estranho que meu nome chegasse aos seus ouvidos.

O assunto não evoluiria. O santo preferiu mudar:

– O que o trouxe para cá, tão longe de casa?

– Vai se surpreender ao sabê-lo, eu vim seguindo-o.

Esperou uma reação, mas seu interlocutor ficou tão atônito que não teve nenhuma. Vivera a sua viagem como algo tão acidentado e ziguezagueante que jamais teria pensado que alguém pudesse segui-lo, tanto ou mais difícil de entender quanto um desses relatos mal contados em que faltam transições ou episódios inteiros.

– Sempre estive um passo atrás – continuou o Cobalto –, me parecia tê-lo ao alcance das mãos e mais uma vez você tinha ido embora. Parecia que estava escapando de mim, mas não havia tal coisa, era efeito da velocidade e das mudanças. Se agora lhe alcancei foi porque aqui se demorou mais tempo do que nas paradas anteriores.

– E foi justo em tempo – disse o santo – já que vou me mandar. Mas, apesar de tudo isto, ainda não me explicou por que me procurava.

– É uma história – disse o Cobalto – que remonta a uma semana e um dia atrás, quando os representantes do Conselho Municipal me contrataram para matá-lo...

– Ah, era você.

– Sim. Meu modo de vida era o assassinato por encomenda, entre outros trabalhos relacionados com a violência. Agora renunciei ao crime, esta viagem, que de certo modo tenho que agradecer a você, me transformou. É impressionante o que se aprende saindo da casca do cotidiano, impressionante sobretudo porque o que se aprende é o mais óbvio, o mecanismo imemorial da Natureza e a lógica dos feitos humanos. A gente se dá conta de que estava perdendo tempo; quando abre os olhos vê que o assassinato, o roubo, a coação forçada são intrinsecamente inúteis: os bens mudam de mão de qualquer modo, as pessoas vão agir, obrigadas ou não e, no final, vão morrer do mesmo jeito, cedo ou tarde. Basta deixar o mundo tranquilo para que as coisas aconteçam.

– Sempre se pode intervir para apressar o trâmite...

– Não tente me convencer a voltar à minha velha vida. Não conseguirá... e além disso não lhe convém, ha, ha, ha!

Riram juntos.

– Mas, diga-me, mestre Cobalto, se sua intenção não era me liquidar para cumprir o contrato, por que me seguiu com tanta persistência?

– Para lhe fazer uma pergunta. Para esclarecer uma profunda obscuridade.

Estas palavras mereciam esclarecimento; mais ainda, anunciavam um relato interessante. O santo tinha pensado que não ouviria nada, com o ruído dos músicos e os coros e a gritaria geral e, no entanto, estava ouvindo perfeitamente. A atenção, que fora se despertando paulatinamente com as palavras do visitante, devia neutralizar no cérebro as obstruções sonoras.

– Na noite designada para o assassinato – começou o Cobalto – entrei no monastério por uma porta lateral, a única aberta, vigiada por um monge que estava na conspiração, e me dirigi diretamente à sua cela. À tarde, aproveitando sua ausência durante a hora da refeição, eu havia entrado para estudar o terreno. Contava, é claro, com a cumplicidade do abade. Determinei então o caminho mais curto até a cela onde você estaria dormindo e dei uma olhada para dentro, para ver a situação da cama e me assegurar de não tropeçar num móvel, que não havia. Tinha feito trabalhos fáceis em minha vida, mas nenhum como este. Era sopa no mel.

"Pois bem. Procedi segundo o planejado. O abade tinha se assegurado de que todos os monges e o pessoal de serviço estivessem na igreja. Todos sabiam o que estava acontecendo e o aprovavam, apesar dos escrúpulos. Igualmente o abade tinha se certificado, minutos antes da hora estabelecida para a minha entrada, de que você dormia em sua cela. Deslizei em silêncio pelos claustros, a porta indicada apareceu diante de mim, em preto sobre preto, me detive diante dela apenas um instante; ouvi a respiração regular do adormecido."

O santo escutava absorto, totalmente compenetrado, como se estivessem contando a história de sua morte.

– Abri com um pontapé e me lancei em direção à cama, no escuro, propenso ao estrangulamento (porque tinham me pedido que evitasse a efusão de sangue, já que o falecimento passaria por deficiência coronária). Mas na cama não havia ninguém. Retrocedi em um salto de volta para a porta, bloqueando uma possível fuga, mas não houve tal coisa. O espaço exíguo do interior não oferecia lugares para se esconder e tive de me render à evidência de que a cela estava vazia: o pássaro tinha voado. Não perdi tempo em tratar de entender como havia acontecido: corri nas trevas porque minha presa não podia estar longe, mas tudo estava vazio.

"Discretamente fui buscar o abade, que saiu da igreja com seus dois assistentes de confiança. A perplexidade nos paralisou. O mistério se centrava na cela. Por diferentes indícios, sabíamos que você tinha estado dormindo em sua cama no momento em que eu irrompia. Mesmo supondo que tivesse saído pela porta ao mesmo tempo que eu entrava, coisa improvável ao extremo, não teria tido a oportunidade de se esconder fora: com efeito, eu voltei a sair em segundos e o corredor estava vazio. Era um corredor, como você recordará, de paredes de pedra, sem janelas, de cinquenta metros de comprimento em um sentido e em outro; nem o mais veloz corredor poderia percorrê-lo nesse lapso.

"Centramos a atenção na cela. Os lençóis estavam mornos ainda, a sotaina e as sandálias em seu lugar. A probabilidade de que houvesse uma saída secreta era remota, mas a investigamos: não deixamos um centímetro das paredes, do chão e do teto sem checar. A janelinha gradeada, de dois palmos de largura, não teria permitido a passagem de nada maior do que um gato, mesmo sem contar as grades, que estavam firmemente implantadas na pedra.

"A busca se estendeu ao edifício inteiro e se prolongou por toda a noite e parte da manhã. E, nesse processo, ia mudando de objeto e de natureza. Tínhamos começado procurando você e não demoramos a nos convencer de que não estava. Por isso mesmo, buscamos um rastro de sua passagem ou desaparição. Ninguém vai embora sem deixar algo material como sinal de sua ausência (de outro modo teria ficado). É preciso apenas saber ver. No geral, o sinal está tão à vista que não se vê, ou não se vê como sinal, mas como coisa. Quem busca na superfície perde o que está no fundo e vice-versa. Quando tampouco neste nível encontramos qualquer coisa, não restou mais do que se pôr a pensar que diabos poderia ter acontecido. Mas isso não era para mim. As missões que me encomendavam habitualmente se concluíam no plano físico com a punhalada ou a pancada: pensar, pensava eu, é para as vítimas. E tudo em mim resistia a ser pensado por outro.

"*O mea culpa* de meus mandantes e seus cúmplices caiu nos moldes religiosos que eram de esperar. A hipótese da intervenção divina a que se aferraram como a uma tábua de salvação ao avesso, após o naufrágio de seus planos, foi o Rubicão que me neguei a atravessar. Sou um criminoso ignorante proveniente dos estratos humildes de uma comunidade com alto índice de analfabetismo, mas não acredito em milagres."

– Faz bem.

– Não sei se será por predisposição inata ou por deformação profissional, o certo é que eu quero fatos.

Nesse ponto não podiam estar mais de acordo.

– Quando nos disseram que tinham visto você a bordo de uma falua grega, soube quem tinha me derrotado. Sempre quis ser um bom perdedor. Não esconderei que voltei à cela para dar uma última olhada e saber se por acaso tinha me escapado esse minúsculo detalhe revelador. Não era assim. Minha vida havia mudado. A intriga tinha se instalado em mim e eu já não podia deixar de me interrogar. Nesse mesmo dia ia pelo caminho seguindo seu rastro e, ainda que a viagem estivesse povoadíssima de incidentes curiosos que bem poderiam ter desviado minha atenção, o mistério da cela fechada não se afastou de meu pensamento de dia nem de noite. Agora, modificado como estou pela experiência da viagem, só me falta a explicação que ilumine e terei posto o ponto final à etapa escura da minha vida.

Seu interlocutor demorou a responder, pensativo ao mesmo tempo que descolado de seu pensamento. Era ele quem pensava ou o estava fazendo esse tênue fugitivo do conto? Ainda que sua condição de santo o tornasse candidato ideal a protagonista de histórias, encontrar-se de repente como personagem o desconcertava. Nesse plano, se via como um átomo animado pelas necessidades do verossímil e do desenlace. Sentiu um aroma de vergonha por estar exposto dessa maneira e reagiu, não como personagem, mas como ser humano:

– Para lhe dar uma resposta – disse –, teria que pensar e, a esta altura da minha vida e experiência, não quero mais pensar. Nisso também a gente coincide. Se aceita um conselho meu, renuncie à satisfação banal de saber. Eu sei o que lhe digo. Estes mistérios de quarto fechado e todos os de sua espécie, enigmas de salão, exibições de inteligência, são uma perda de tempo. O senhor espera uma revelação, como quem espera ganhar a loteria, mas essa revelação, que segundo as regras do jogo estava implícita nos dados da proposição, é uma construção redundante, além de imaginária. De que lhe serviria? O caso se resolve e não fica nada, nem no mundo nem na memória. O problema existiu apenas para que fosse resolvido. Fecha-se o círculo e dá uma soma zero. Parece incrível que haja gente que perde tempo nisso, que desperdiça tanta energia mental no trivial esforço de saber como aconteceu, quem o fez, quais foram seus motivos. Perdoe-me a ironia, mas que grandíssima importância nula tem tudo isso! O fio de Ariadne do enfado somente conduz ao passatempo. Leva a pensar que, uma vez assegurados o teto e a comida, os homens não têm nada mais para fazer. Não têm noção do valor do tempo, de quão curta é a vida e da quantidade de coisas reais que podem fazer em seu transcurso.

– Como quais? – perguntou o Cobalto.

– Se perguntar não vai encontrar a resposta. Não há que perguntar. Não há "quais". São todas ou não é nenhuma. É preciso fechar os olhos e seguir adiante. Não há desenlace, mas uma passagem de horas únicas e preciosas, como a viagem que fizemos nós dois.

XXVII

A despedida não foi tão traumática quanto havia temido. Poliana era imprevisível, se tivesse precisado de uma prova, aqui a tinha. Aceitou sem objeções suas mentiras, reclamou um pronto retorno que ele não teve inconveniente em prometer e passou de imediato a explanar sobre seus problemas, sobre seu paradoxal desamparo de rainha, as infâmias a que estava submetida de parte de uma mãe autoritária, um pai ausente, um irmão rico e avaro e outro sensualista e fanfarrão. E ele, o único homem que tinha amado de verdade, ia embora e a deixava sabe-se lá por quanto tempo... e quanto tempo havia estado com ela? Quatro dias! Quatro dias e já tinha de ir embora.

Havia contado os dias. Típico dela. Para ele tinham parecido mais, certamente por causa da novidade de tudo o que vinha vivendo, que sua consciência expandia no trabalho de assimilar e compreender. Mas quatro dias, disse-lhe, não era tão pouco. Pouco teriam sido quatro horas.

Não! Poliana usava pelo visto parâmetros diferentes dos seus, porque para ela "quatro", como quatro, era pouco tempo, fossem quatro dias, quatro meses, quatro anos ou quatro séculos.

– Mas que diferença teria feito se ficasse cinco dias?

– Teria sido um dia a mais. Você dá tão pouco valor a um dia comigo?

– Não. Dou muitíssimo valor. É por isso que estes quatro dias que passamos juntos são quatro vezes muito.

– Quatro dias! Que miséria.

– Ou você está inventando, ou está mal da cabeça, ou te inculcaram de pequena uma matemática incorreta.

Ela continuava obcecada com o famoso quatro, coisa que salvou a situação para o santo, porque na conversa, que foi a última que tiveram, em lugar de reprimendas e choros discutiram sobre os prós e os contras de um número. O absurdo aliviava o dramatismo de uma despedida que, por acontecer na Idade Média, tinha todas as probabilidades de ser definitiva. Naquela época as distâncias se enchiam de inconvenientes e postergações. Os poucos que viajavam faziam-no uma só vez na vida e a vontade sumia. Melhor não pensar nisso e seguir falando de abstrações. Ele lhe dizia que, mesmo se não houvesse procurado esse número de maneira deliberada, ficava feliz que tivessem sido quatro dias, já que era um número de bom agouro, o ideal para presidir a relação do amor. Com o quatro, a Natureza e o cosmos se punham a seu favor.

– Por acaso não são quatro as estações do ano? Tudo o que seja quatro volta a se pôr nessa ordem, nas doces expectativas da inocência, nas melancolias do outono e depois nos polos do ardor e do gelo que cristaliza os seres e as esperas. E, sobretudo, o retorno vez ou outra que somente o quatro assegura, a repetição das mesmas fugacidades e rancores.

"E não são quatro os elementos? Outro ciclo que estávamos percorrendo, no ar que respirávamos em conjunto, o fogo que nos abrasava, a terra que pisávamos e que se transfigurava sob nossas plantas, e a água que nos transportava pelo sistema arterial de uma terra acesa em cujo centro estava a borbulha do vento que se transformou em diamante.

"Não são quatro os reinos animais? Quatro as cores primárias mais o branco. Quatro os degraus de uma escada curta. Quatro as notas com que uma ave se expressa. Quatro as partes em que se divide o todo.

"O quatro tem a rara propriedade de ser o resultado justo de uma grande quantidade de operações matemáticas, não somente o clássico 'dois mais dois'. Pode ser uma subtração: nove menos cinco, dezoito menos catorze, muitas mais. Ou divisões, como cem dividido por vinte e cinco. É como um truque de magia e, no entanto, é perfeitamente comprovável: há uma quantidade infinita de operações das quais o resultado sempre vai ser quatro, acredite-se ou não.

"Mas, indo mais ao ponto que suas queixas mencionaram, há outra propriedade do número quatro que o torna especial e é o fato de que pode designar tanto o muito quanto o pouco, sem deixar de ser o mesmo número. Quatro espectadores em um espetáculo teatral é pouco, um fracasso, mas quatro belas mulheres na cama com um homem é uma enormidade. Ter quatro cabelos na cabeça equivale a ser praticamente um calvo, enquanto que ter quatro umbigos transformaria alguém em um fenômeno diante do qual as pessoas pagariam entrada para ver. Não dou mais exemplos porque não acabaria nunca, mas esse mesmo fato mostra a capacidade de proliferação que há no quatro e o motivo pelo qual enriqueceu tanto nosso romance."

Ela não estava convencida. Mas ao menos a fez rir. Quis que lhe desse um último beijo, um beijo "de verdade", disse. Não foram de verdade todos os que lhe tinha dado?

Talvez as partes da tristeza também fossem quatro. Talvez não. Parecia mais uma grande extensão indiferenciada. "Não deveria ter amado – dizia o santo a si mesmo. Serve para quê? É pão para hoje, fome para amanhã."

10 de junho de 2014

Impressão e Acabamento:
GRÁFICA STAMPPA LTDA.